Gabriella Wollenhaupt

Ein böses Haus

Kriminalroman

grafit

Gabriella Wollenhaupt, Jahrgang 1952, hat viele Jahre als Redakteurin bei Zeitung, Radio und Fernsehen gearbeitet und sich mit dreißig Kriminalromanen um die legendäre Kultreporterin Maria Grappa in die Herzen einer großen Leserschaft geschrieben. Zusammen mit ihrem Ehemann Friedemann Grenz schreibt sie zudem historische und zeitgenössische Kriminalromane.
www.gabriella-wollenhaupt.de

Der Mensch ist in seinem Leben wie Gras,
es blühet wie eine Blume auf dem Felde.
Aber wenn der Wind darüber geht, ist sie nicht mehr da,
und ihre Stätte kennt sie nicht mehr.

Psalm 103

Der falsche Job

Die liebe Sonne näherte sich dem Horizont. Der Abendhimmel war mit Schäfchenwolken überzogen. Eine leichte Brise bewegte die Wellen des Tyrrhenischen Meeres.
Wir saßen im Garten der Casa Marcella bei Wein, Wasser und Kerzenlicht und blickten auf die Insel Capri, den Sehnsuchtsort gestresster Touristen mittleren Alters.
Plötzlich ein Krächzen. Eine Krähe kreiste über uns. Merkwürdig, dachte ich, eigentlich war es die Zeit der kleinen Fledermäuse, die die Felsspalten der Amalfiküste verließen, um Insekten zu jagen.
»Die Krähe hat etwas Glitzerndes im Schnabel«, stellte er fest.
Pling. Der Vogel hatte etwas auf unseren Tisch fallen lassen.
Kleist hob die Kerze und suchte den Tisch ab.
»Das ist ein Ring«, stellte er erstaunt fest. Er nahm ihn und hielt ihn ins Licht: ein schmaler goldener Reif mit einem roten Stein. Schlicht und elegant.
»Wie schön!«, entfuhr es mir.
Er nahm meine Hand und streifte mir den Ring über. »Er steht dir gut, Maria«, sagte er zärtlich.
»Ja, ich heirate dich«, sagte ich.
Später am Abend blickten wir versonnen aufs Meer, Hand in Hand. Der stille Mond lächelte.

Wütend schleudere ich die Seiten des Manuskripts Richtung Wand. Warum nur glauben so viele Menschen, sie müssten ein Buch schreiben? Die Blätter trudeln langsam durch die Luft und verteilen sich auf dem Parkett.

Einige schweben unter mein Bett. Dort finden sie ewige Ruhe, denn Putzen ist nicht meine Disziplin.

Warum mache ich das?

Was für ein kitschiger Text! Die Rechtschreibfehler hat das Korrekturprogramm schon gekillt, aber das macht das Ganze nicht besser.

Warum, zum Teufel, habe ich mich als freie Lektorin selbstständig gemacht? Warum habe ich den Lehrerjob ausgeschlagen?

Nun lasse ich mich für fünf Euro pro Seite mit Kitsch, schlechtem Deutsch und misslungenen Vergleichen quälen. Habe ich wirklich erwartet, einen Text von einem Autor zu bekommen, den ich selbst freiwillig lesen würde? Mein Honorar ist ein Schmerzensgeld. Spätfolgen für mein Ego sind noch nicht abzusehen. Ich muss da wieder raus, und zwar schnell!

Seufzend sammle ich die Seiten nun doch zusammen und sortiere sie in die richtige Reihenfolge. Dann hole ich mir aus der Küche einen Kaffee. Langsam schwindet mein Ärger.

Es ist früh und draußen auf der Straße herrscht noch relative Ruhe. Eine Stunde später wird die Knochensäge im ebenerdigen Metzgerladen dafür sorgen, dass schlagartig alle Mieter in ihren Betten senkrecht sitzen.

Ich schäume Milch auf und gieße sie langsam in den Kaffee. Träge vermischen sich Weiß und Schwarz in ein sanftes Braun.

Diese Mischung steigert die Gehirnaktivität und verursacht einen Energieschub. Außerdem soll sie nach einer neuen Studie beim Abnehmen helfen. Die Untersuchung ist bestimmt von der Kaffeeindustrie bezahlt worden.

Ich schaue aus dem Fenster. Der Frühling kommt in diesem Jahr spät, setzt sich aber langsam durch. Die Bäume lassen zartes

Grün sehen, Radfahrer treten mit nackten Waden in die Pedale und Cabriofahrer steuern stolz mit Braut in Richtung City.

Ich dusche, kleide mich an. Die Schminke lasse ich weg, interessiert eh keinen. Je näher ich der Haustür komme, desto lauter schreit die Knochensäge.

Hiiiiiiiiiiiiiiiiiiiiiiih ...

Schon wieder ist ein Schwein in zwei Hälften zerteilt. Seit mir der Metzger – im Internet nennt er sich *Fleischsommelier* – mit blutbesudelter Schürze begegnete, ist mein Fleischkonsum stark geschrumpft.

Ich laufe die Treppe hinunter. Hinter meinem Briefschlitz stapeln sich Werbung, Briefe und Abholscheine für Päckchen. Ich sortiere die Papiere.

»Frau Alix David?«, fragt eine Stimme.

Zu der Stimme gehört ein Mann. Groß, mit schwarzem Vollbart, Jeans und Sweatshirt. Ein Typ, wie er in den kitschigen Manuskripten auf meinem Schreibtisch vorkommt.

»Sind Sie Frau David?«, wiederholt er.

»Wer will das wissen?«

»Hauptkommissar Luis Wunderlich. Mordkommission.« Er zeigt eine Polizeimarke.

»Mordkommission? Wen habe ich umgebracht?«

»Das will ich von Ihnen wissen«, kontert er. »Vielleicht Ihre Schwester?«

Mit einem Messer

Eine halbe Stunde später sitze ich in einem Verhörraum im Dortmunder Polizeipräsidium. Vor mir ein Pott mit Kaffee. Lauwarm.

»Was ist passiert?«, frage ich.

»Ihre Schwester Frau Marion Ziegler ist Opfer eines Angriffs geworden. Sie ist tot.«

Er wartet.

Ich warte.

An der Wand tickt eine Uhr. Er lässt mich nicht aus den Augen. Sie sind dunkelgrün mit braunen Flecken.

»Wie ist das passiert?«, frage ich.

»Vergangene Nacht sind Kollegen vom Nachtdienst informiert worden, dass ein kleines Mädchen auf einer Bank an der U-Bahn-Haltestelle an der Hohen Straße sitzt. Das Kind trug einen Schlafanzug, der voll Blut war. In der Notaufnahme der Klinik stellten die Ärzte fest, dass das Mädchen unversehrt ist, also das Blut nicht von ihm stammt.«

Er legt mir ein Foto vor. »Das ist Lilli.«

Ich fröstele. Die Uhr tickt immer lauter. »Lilli ist meine Nichte.«

»Das dachte ich mir schon, dass Sie ihre Tante sind.« Wunderlich fixiert mich. Er hat wohl Spaß daran, Informationen nur in kleinen Häppchen zu servieren.

»Wann haben Sie Ihre Schwester das letzte Mal gesehen?«

»Das ist schon einige Monate her. Wir verstehen uns nicht so gut. Und jetzt sagen Sie mir endlich, was passiert ist! Wer hat

Marion angegriffen? Woher kommt das viele Blut? Und … war Lilli dabei?«

Wunderlich schlägt die Beine übereinander. Er lässt sich Zeit. In den meisten Liebesromanen, die ich lesen muss, kommt diese Geste häufig vor, als Beweis für die coole Überlegenheit der männlichen Hauptfigur. Spätestens dann bekommt die weibliche Heldin weiche Knie.

Bei Wunderlich sieht es nur arrogant und rotzfrech aus. »Sie haben zwei verschiedene Socken an«, bemerke ich.

Er schaut mich irritiert an, runzelt die Stirn. Ich deute auf seine Füße. »Einen bunten und einen schwarzen Strumpf.«

»Oh, das tut mir leid«, stammelt er. »Es musste schnell gehen heute früh.«

»Kein Problem«, lächele ich.

Er nimmt eine Akte vom Papierstapel auf seinem Schreibtisch. »Lilli wurde an einer Haltestelle aufgegriffen, wie Sie ja bereits wissen, sie war körperlich unverletzt. Alle Versuche, das Mädchen anzusprechen, scheiterten. Sie verriet weder ihren Namen noch, was passiert ist. Wir starteten eine Personenfahndung mit Lillis Foto in den Nachrichtenprogrammen der Fernsehsender, den sozialen Medien und den Zeitungen. Sie haben davon nichts mitbekommen?«

»So ist es. Ich hatte zu viel Arbeit.«

»Ah ja. Man ist ja nicht verpflichtet, sich für das zu interessieren, was in der Welt so passiert. Darf ich fragen, welcher Arbeit Sie nachgehen, Frau David?«

»Ich beschäftige mich mit Texten«, sage ich knapp. »Es hat also jemand auf die Personenfahndung reagiert?«

Mehrere Polizeisirenen ertönen. Wunderlich geht zum Fenster und schließt es. »Friedensdemo am Rathaus«, erklärt er, »inklusive Neonazis und Autonomen. Das hört immer noch nicht auf. Wollen Sie noch einen Kaffee?«

»Nein, der erste war schon schlecht genug.«

Er grinst und setzt sich wieder.

»Eine Frau, die im Haus des Mordopfers ... also, Ihrer Schwester ... wohnt, hat sich gemeldet. Sie hat Lilli auf einem der Fotos erkannt. Leider haben sich viele Bürger gemeldet und wir konnten nicht zeitnah reagieren. Die Zeugin hatte aber einen Schlüssel zur Wohnung Ihrer Schwester und hat die Leiche gefunden. Der Polizeiarzt stellte fest, dass das Opfer mit mehreren Messerstichen getötet worden ist.«

Ich schlucke und mir wird heiß. »War Lilli dabei, als Marion ermordet wurde?«

»Das wissen wir noch nicht. Vielleicht war sie dabei oder sie kam später dazu. Das Blut stammt von Ihrer Schwester – das hat ein schneller Bluttest ergeben. Weitere Ergebnisse stehen noch aus.«

»Und Lilli? Was hat sie Ihnen gesagt, als sie gefunden wurde?«

Wunderlich seufzt. »Sie schweigt. Sie hat uns noch nicht mal ihren Namen gesagt oder nach ihrer Mama gefragt. Sie ist völlig traumatisiert. Wir haben sie in die Kinderpsychiatrie gebracht, dort wird sie betreut.«

»Gibt es andere Zeugen?«

»Vielleicht. Wir sind erst am Anfang.« Wunderlich zieht ein Foto aus der Akte und reicht es mir. »Das ist das Haus, in dem Ihre Schwester gewohnt hat. Eine gute Gegend – Künstler, Akademiker und junge Leute. Nur fünfhundert Meter bis zur City, dreihundert Meter bis zum Klinikum und vierhundert Meter bis zum Stadttheater. Ältere Häuser, die in moderne und teure Eigentumswohnungen umgewandelt wurden, die sich kaum jemand leisten kann.«

»Ich kenne die Gegend«, nicke ich. »Das Kreuzviertel. Dort einen Parkplatz zu finden grenzt an ein Wunder, und wenn die Stadt Geld braucht, schickt sie ihre Truppe vom Ordnungsamt los und lässt abkassieren.«

Pause. Vielleicht gehen ihm die Fragen aus. Er mustert mich.

In seinem Blick kämpfen Misstrauen und Interesse miteinander. Vermutlich verhalte ich mich nicht so, wie er es von trauernden Angehörigen eines Mordopfers gewohnt ist.

»Wissen Sie, wer der Vater von Lilli ist?«, lässt er die Katze aus dem Sack. »Beim Standesamt hat Ihre Schwester den Namen des Vaters nicht angegeben.«

»Ich habe keine Ahnung«, sage ich. »Und jetzt möchte ich meine Schwester sehen.«

»Mit wem war Ihre Schwester denn vor zehn Jahren liiert?«

»Sie hat nie darüber gesprochen.«

»Schade.« Wunderlich kratzt sich den Vollbart. »Kommen Sie. Wir gehen in die Rechtsmedizin.«

Eine letzte Station

Das Gerichtsmedizinische Institut befindet sich im Keller des Polizeipräsidiums. Das ist nichts Besonderes, denn Tote brauchen kein Licht und keine Betreuung. Wenn ihre Reste untersucht werden, zieht man sie aus Schubladen ins künstliche Licht. Dann werden die hellen Lampen eingeschaltet und man sieht jede Hautschuppe, jede Verletzung und Unebenheit. In Fernsehkrimis werden die Toten aufgedeckt und der Zuschauer blickt auf eine Naht inmitten des Oberkörpers.

Der Gerichtmediziner zieht das Laken weg. Da liegt sie. Marion, meine Schwester. Ich erkenne sie kaum wieder. Wächserne Haut, die Augen geschlossen, die Haare abrasiert, die mit groben Stichen zusammengefügte Naht, die über dem Schambereich endet, und viele Wunden in Oberkörper und Bauch.

»Ja, das ist Marion«, flüstere ich. »Ist sie sexuell missbraucht worden?«

Der Mediziner verneint. »Es gibt zwei Messerstiche, die die Baucharterie getroffen haben. Als die Zeugin, die die Frau gefunden hat, das Messer herausgezogen hat, ist das Opfer innerlich verblutet. Das ist ein Fehler, der immer wieder gemacht wird. Das Messer muss unbedingt in der Wunde bleiben, denn es wirkt wie eine Art Stöpsel.«

»Kann es sein, dass der Täter gewusst hat, wo die Schlüssel liegen, und so in die Wohnung gelangt ist?«, frage ich.

Wunderlich greift ein: »Das werden die weiteren Recherchen ergeben. Sie müssen sich noch etwas gedulden, Frau David.«

Er zückt ein Heftchen und schreibt etwas hinein.

»Was war Ihre Schwester von Beruf?«, fragt er dann.

»Sie war zuletzt arbeitslos, soviel ich weiß. Davor hat sie im Klinikum als medizinische Fachangestellte gearbeitet. Es tut mir sehr leid.«

»Was tut Ihnen leid?«

»Dass Marion und ich uns auseinandergelebt haben.«

»Gab es einen Grund dafür?«

»Es ist einfach so passiert.«

Ich hasse Leute, die mich mit Fragen traktieren, auf die ich keine Antwort geben will.

Die Tür zur Leichenhalle wird aufgedrückt. Der Mediziner führt eine Frau herein. Sie trägt einen Mantel mit Blumenmotiven und eine Baskenmütze, unter der blonde Haare hervorquellen.

»Mein herzliches Beileid«, sagt sie und greift nach meinem Arm. »Ich bin Frau Bergmann. Sie sind Marions Schwester, nicht wahr?«

»Frau Bergmann hat Ihre Schwester gefunden, nachdem sie Lillis Foto im Internet gesehen hat«, erklärt Wunderlich. »Mit dem Schlüssel aus dem Blumentopf ist sie in die Wohnung rein und hat uns sofort informiert.«

»Ich war so entsetzt und aufgeregt, dass ich das Messer angefasst habe«, sagt Bergmann. »Ich wusste nicht, dass man das nicht machen soll. Sie hätte ja auch noch leben können. Es tut mir so leid.«

»Machen Sie sich keine Vorwürfe. Sie war nicht mehr zu retten«, beruhigt der Arzt. »Die Stiche haben sie schnell getötet.«

Bergmann greift in ihre Handtasche und zieht einen kleinen Blumenstrauß hervor. Sie legt ihn neben Marions Kopf, nimmt ihre Hand und flüstert etwas. Ihre Augen sind geschlossen und der Ton ihrer Stimme hat etwas Gebetsähnliches.

Durch ein kleines Fenster fällt Licht auf die Szene. Marion

wirkt viel älter, als sie ist. Der Alkohol hat seine Spuren hinterlassen.

»Was passiert jetzt mit ihr?«, frage ich.

»Wenn die Behörden die Leiche freigegeben haben, kann sie bestattet werden«, erklärt Wunderlich. »Sie werden dann informiert.«

Neben mir schluchzt Frau Bergmann. Ich schäme mich fast, dass ich nicht weinen kann. Ich fühle nichts.

»Rufen Sie mich doch mal an.« Frau Bergmann reicht mir eine Visitenkarte. »Dann erzähle ich Ihnen vom Leben Ihrer Schwester und Ihrer Nichte. Gut, dass der Kleinen nichts passiert ist.«

Wunderlich bietet an, mich nach Hause zu fahren.

»Nein, danke«, lehne ich ab. »Ich brauche frische Luft.«

Fußball und Familie

Es ist ein milder Abend. Menschen wimmeln in alle Richtungen. Motorenlärm, Bremsenquietschen und mehrere Polizeiwagen mit Martinshorn. Borussia Dortmund hat ein Freundschaftsspiel gegen wen auch immer. Angeheiterte Fans in Schwarz-Gelb kommen mir entgegen – manche haben schon vorgeglüht in den Kneipen rundherum. Nach der Corona-Pandemie sehnt sich jeder nach lauem Glück. Mir ist das zu laut und zu viel. Die Burger-Buden haben aufgerüstet, um die Fans nach dem Spiel mit Essen und Alkohol zu versorgen.

Die Polizeiwagen warten in Parkbuchten auf Kunden und Taxis auf Gäste. Ich nehme ein Taxi. Es quält sich durch den Feierabendverkehr und liefert mich vor dem Haus ab, in dem ich wohne. Die Metzgerei ist geschlossen, sodass mir wenigstens für den Rest des Tages die Knochensäge erspart bleibt. Erst jetzt fällt mir auf, dass ich total erschöpft bin.

In meiner Wohnung öffne ich eine Flasche Wein, drehe die Heizung hoch und suche nach den Fotoalben. Unsere Mutter hat sie vor vielen Jahren angelegt, Bilder eingeklebt und mit der Jahreszahl und einem Titel versehen. Sie hat sie mir übergeben, bevor sie starb, doch sie haben mich nie interessiert.

Ich finde die Alben, schleppe sie ins Wohnzimmer. Dann öffne ich den ersten Band. Vierzig Jahre zurück, Marion als Baby. Unsere Mutter als junge, glückliche Frau und Marions hellblonder Vater, den ich nie kennengelernt habe. Zehn Jahre später liege ich in Mutters Armen, winzig, schwarzhaarig und mit mürrischem Gesicht. Im Kinderhort, Einschulung und beim Ponyreiten. Ich lasse ein Foto nach dem anderen an mir vorbeiziehen und versuche, ein paar Erinnerungsfetzen zu erwischen. Die Fotos, die Marion zeigen, werden mit den Jahren immer weniger, ihr Vater taucht gar nicht mehr auf, Mama hat ihn kurz nach Marions Geburt verlassen.

Sie heiratet meinen Vater, Gymnasiallehrer für Deutsch und Geschichte. Er interessiert sich nicht besonders für mich. Seine apodiktischen Anweisungen führen in meiner Pubertät zu heftigen Auseinandersetzungen mit ihm und ich bin früh von zu Hause ausgezogen. Dadurch entspannt sich unser Verhältnis, besonders als Mama an Krebs stirbt. Nach drei Jahren folgt er ihr.

Jeder, der ihn gekannt hat, behauptet, ich sei sein weibliches Ebenbild. Groß, kurze schwarze Haare, gerade Haltung und eine ansehnliche Figur. Die blauen Augen leicht schräg, hohe Wangenknochen und volle Lippen. Inzwischen bin ich dreißig, habe ein abgeschlossenes Studium der Germanistik und keinen sicheren Job. Seit vielen Monaten schlage ich mich irgendwie durch. Ich habe im Winter Weihnachtsbäume verkauft, Altkleider sortiert, Pommes frittiert und Kinder gehütet. Letzteres hat mich fast an den Rand des Wahnsinns gebracht.

Ich lege die Alben beiseite und trinke die Flasche *Grüner Veltliner* leer. Mein Gemüt hat sich erholt, ich bin nur noch müde und sehne mich nach meinem Bett. Manchmal ist Alkohol eben doch eine Lösung. Bevor ich einschlafe, fällt mir ein, dass Marion mich immer *Lixi* genannt hat.

Farbe eines Hasen

Am Morgen weckt mich Hauptkommissar Luis Wunderlich. »Die Spurensicherung hat ihre Arbeit beendet. Die Wohnung Ihrer Schwester ist freigegeben«, tönt es aus dem Telefon. »Wir würden Ihnen gern – als nahe Verwandte – den Schlüssel übergeben. Könnten wir uns bei Ihrer Schwester treffen?«

Ich quäle mich aus dem Bett. Der Wein hat mir nicht gutgetan. Ich habe noch eine halbe Stunde Zeit, bis ich losmuss. Duschen, Haare föhnen. Ich schmeiße die Kaffeemaschine an und checke meine Mails. Nichts Besonderes. Ein paar Angebote, Manuskripte zu lektorieren. Die Exposés sind mal wieder gähnend langweilig: ein Fahrlehrer, der sich in seine Fahrschülerin verliebt. Arbeitstitel: *Heiße Leidenschaft beim Rückwärtsparken.* Oder Geschichten über Menschen mit berechtigten Minderwertigkeitskomplexen wie die über den frustrierten alten Sack, der seine Nachbarin tötet, weil sie ihre graue Mülltonne nicht so hinstellt, wie er es ihr befohlen hat. Arbeitstitel: *Blutige Tonne.*

Ich kleide mich an und verlasse meine Wohnung. Die herrliche Morgensonne passt nicht zu meinen dunklen Gedanken.

Dann stehe ich vor dem Haus, in dem meine Schwester getötet worden ist. Es ist ein älteres, sehr sachliches Gebäude in einer Farbe, die einem verwaschenen Hasenfell ähnelt. Eine Physiotherapiepraxis und ein Optikerladen im Erdgeschoss, ein Augenarzt in der ersten Etage. Eine U-Bahn-Haltestelle direkt vor dem Haus.

Hauptkommissar Luis Wunderlich lehnt im Eingang und beschäftigt sich mit seinem Handy. Er sieht mich nicht.

»Hallo«, sage ich.

Er dreht sich um. »Da sind Sie ja«, stellt er fest. »Wir nehmen den Fahrstuhl. Die Wohnung Ihrer Schwester liegt in der vierten Etage. Ich hasse Treppensteigen.«

Ich antworte nicht. Meine Nervosität nimmt zu. Hoffentlich hat jemand das Blut weggewischt.

Wunderlich drückt den Fahrstuhlknopf. Wir steigen ein. Spiegel an den Wänden. Er riecht nach einem strengen Duschgel – oder ist es ein Herrenparfum? Nein, der Duft passt nicht zu ihm.

Der Lift hält im zweiten Stockwerk. Eine junge Frau drängelt sich herein und drückt die Taste zum dritten Stock. »Guten Morgen«, gähnt sie mit offenem Mund. Sie trägt einen Morgenmantel, der den Blick auf ihren Busen freigibt. Ihre blonden langen Haare sind auf Gummilockenwickler gedreht.

»Hallo«, erwidere ich ihren Gruß. »Wohnen Sie in diesem Haus?«

Wunderlich schaut in ihr Dekolleté und schluckt.

»Ja, ich wohne hier. Sind Sie von Presse?«

»So ähnlich«, behaupte ich.

»Aha, Sie kommen wegen Mord.«

Der Fahrstuhl hält und die Tür öffnet sich. »Na, viel Erfolg«, lächelt sie und schlüpft hinaus, nicht ohne einen lüsternen Blick auf den Kommissar zu werfen.

Blaues Band

Irgendwo habe ich gelesen, dass Blut metallisch und unangenehm süßlich riecht. Und genau so ist es. Die Luft in Marions Wohnung ist dumpf und verbraucht. Mir ist übel.

Wunderlich reicht mir ein Döschen mit einer grünen Salbe. »Schmieren Sie sich das unter die Nase«, rät er. »Und atmen Sie durch den Mund.«

Einige Sekunden später zieht der scharfe Geruch von Eukalyptus in meine Nase. Mir geht es besser.

In einer Ecke steht eine große Kiste mit gestapelten Zeitungen und Zeitschriften.

Wunderlich geht in die Küche und öffnet das Fenster. Schmutziges Geschirr und Besteck, auf der Fensterbank leere Weinflaschen und eine vertrocknete Hortensie. Ein Vogelkäfig ohne Bewohner. »Den Papagei haben wir im Zoo abgegeben. Die kümmern sich erst mal um ihn«, informiert mich Wunderlich. »Ein sehr originelles Tier. Er hat die Spurensicherer bei Laune gehalten und sie regelrecht zugequatscht.«

»Den Namen des Täters hat er aber nicht genannt, oder?«

»Nicht dass ich wüsste«, grinst er, geht zum Fenster, öffnet es und schaut nach draußen. »*Frühling lässt sein blaues Band …* oder so ähnlich. Ein Gedicht von einem Eduard Mörike.«

Zweite Klasse Grundschule, denke ich und sage lächelnd: »Schön, dass Sie Lyrik mögen.«

»Glauben Sie bloß nicht, dass ich Ihre Ironie nicht verstehe«, warnt er. »Lassen Sie uns ins Schlafzimmer gehen.«

Er geht voran. Die Rollos sind heruntergelassen.

Meine Augen brauchen eine Weile, um sich an die Dunkelheit zu gewöhnen. Er macht Licht. Was ich sehe, lässt mich taumeln. Das Bett ist abgezogen, das Blut ist durch das Laken in die Matratze gelangt. Marions Kleider liegen über der Stuhllehne vor dem Schreibtisch. Sie sind sauber.

Ich wende mich ab. Mein Atem geht schnell, überschlägt sich. Ich huste und huste. Der Polizist reicht mir ein Taschentuch und führt mich aus dem Zimmer. In der Küche bekomme ich ein Glas Wasser. Wir setzen uns.

»Ich wusste nicht, dass ein Mensch so viel Blut verlieren kann«, murmele ich. »Ist sie wirklich nicht …?«

»Nein, sie ist nicht vergewaltigt worden. Es gibt auch keine Hinweise auf andere sexuell motivierte Übergriffe. Hatte Ihre Schwester eine Beziehung?«

»Ich habe keine Ahnung.« Meine Antwort auf diese Frage bleibt gleich. »Aber ich erinnere mich, dass es Männer gab. Damals, als unser Kontakt noch enger war. Nach dem Tod unserer Mutter haben wir das Haus geerbt, es verkauft und das Geld aufgeteilt. Es ist meine eiserne Reserve. Danach ist der Kontakt ein wenig eingeschlafen.«

»Wie war das Verhältnis von Ihrer Schwester zu ihrer Tochter?«

»Ich weiß nur, dass Marion nie Kinder wollte, aber dann ist es doch passiert. Lilli war von Anfang an schwierig, sie sprach nicht viel, hatte Angst vor fremden Menschen und konnte ihre Gefühle nicht zeigen. Sie leidet am Asperger-Syndrom, das ist eine Art von Autismus. Als Lilli eingeschult wurde, habe ich sie zum letzten Mal gesehen. Wo ist sie jetzt? Ich würde Lilli gern treffen.«

»In der Kinderpsychiatrie. Fragen Sie beim Jugendamt nach, die helfen Ihnen weiter«, antwortet Wunderlich.

Wir fahren zum Präsidium. Wunderlich in seinem Dienstwagen, ich in meinem alten Auto. In seinem Büro verfasst er ein Protokoll. Es ist kurz, denn wirklich viel habe ich nicht zu sagen gehabt. Ich unterschreibe das Dokument.

Er bringt mich vor die Tür. An meinem Auto angekommen, sagt er: »Ich melde mich bei Ihnen, wenn es etwas Neues gibt.«

»Wie geht es jetzt weiter?«, will ich wissen.

Er hält mir die Autotür auf. »Zurzeit werden die Bewohner des Hauses nach ihren Alibis befragt. Das Problem ist, dass es in dem Haus am Graben durch die Massagepraxis, den Optikerladen und den Augenarzt viel Laufkundschaft gibt. Tagsüber ist die Haustür nicht abgeschlossen und jeder kann hinein. Das erschwert die Ermittlungen.«

Auf dem Parkplatz taucht plötzlich ein Mann auf. In der Hand hält er eine Kamera, mit der er in unsere Richtung zielt.

Wunderlich stellt sich vor mich und schreit den Mann an: »Was soll das? Hören Sie auf damit!«

Der Polizist läuft los, nimmt dem Mann den Apparat ab und löscht die Fotos.

»Das ist ein Verstoß gegen die Pressefreiheit!«, tönt der Fotograf. »Mal sehen, was der Polizeipräsident dazu sagt.«

Wunderlich lacht verächtlich, zuckt die Schultern und wirft dem Reporter die Kamera zu.

»Das ist Branco Waremme, einer der schlimmsten Schmierfinken seiner Branche. Reden Sie bloß nicht mit dem Typen«, rät er mir.

»Warum sollte er was von mir wollen? Er weiß doch gar nicht, wer ich bin.«

»Glauben Sie mir, das kriegt er raus. Er hat beste Kontakte zu unserer Pressestelle. Kommen Sie gut nach Hause. Man sieht sich.«

Wohnungswechsel

Am Sonntag wache ich erst gegen Mittag auf. Keine Knochensäge, kein nerviges Kreischen am frühen Morgen. Es ist fast gemütlich. Ich schalte das Radio ein. Im Klassiksender werden gerade Vivaldis *Vier Jahreszeiten* totgefiedelt. Ich höre eine Weile zu. Schade, dass diese schönen Melodien in Telefonwarteschleifen überstrapaziert werden.

Ich grüble vor mich hin. Ist es wirklich sinnvoll, Lilli zu besuchen? Sie kennt mich kaum und ich kann mit Kindern nichts anfangen. Anstrengende, egoistische, laute Wesen.

Die lokalen Nachrichten unterbrechen mein Grübeln.

»Das ist ein schlimmer Verdacht!«, tönt es aus dem Radio. *»Im grausamen Mordfall in einem Haus am Graben hat die Staatsanwaltschaft eine erste Stellungnahme veröffentlicht, die es in sich hat. Die zehnjährige Tochter soll verdächtigt werden, ihre Mutter getötet zu haben. Hören Sie unseren Polizeireporter Branco Waremme mit einer Zusammenfassung.«*

Ich stelle das Radio lauter.

»Im Mordfall Marion Z. gibt es eine neue Entwicklung: Die Spuren an der Leiche und am Tatwerkzeug sollen zu der zehnjährigen Tochter der Toten passen – so exklusive Informationen aus Ermittlerkreisen. Das Kind wurde kurz nach der Tat in der Nähe des Tatortes aufgegriffen und schweigt seitdem. Ist ein Kind überhaupt in der Lage, eine solche Tat zu begehen? Die Staatsanwaltschaft räumt auf Nachfrage ein, dass ein Kind von zehn Jahren durchaus in der Lage sein könnte, einen solchen

Angriff auszuführen – will das aber nicht auf den aktuellen Fall bezogen wissen. Die Ermittlungen laufen auf Hochtouren und stehen erst am Anfang – so die Behörden. Das Kind befindet sich in einer kinderpsychiatrischen Einrichtung.«

Lilli als Täterin? Mir bleibt nicht viel Zeit, um diese Nachricht zu verdauen. Es klingelt an der Tür. Ich schleiche durch den Flur und gucke durch den Spion. Dunkelheit. Jemand hält etwas vors Glas.

»Wer ist da?«, rufe ich wütend.

»Branco Waremme, Reporter. Wir kennen uns bereits, Frau David.«

»Was wollen Sie?«

»Ich will Ihre Geschichte erzählen.«

»Kein Interesse!«

»Können Sie sich vorstellen, dass Ihre Nichte den Mord begangen hat?«

»Verschwinden Sie!«

Ich gehe zurück in die Küche. Wenig später beobachte ich durchs Fenster, wie der Reporter in seine Protzkarre steigt und losdüst.

Ich rufe Wunderlich an und berichte von Waremmes Besuch. »Glauben Sie wirklich, dass Lilli die Täterin ist?«, frage ich.

»Es ist viel zu früh, dazu etwas zu sagen«, entgegnet Wunderlich. »Aber so arbeitet dieser verdammte Schmierfink. Er deutet an und behauptet, Informanten zu haben. Die braucht er nicht zu nennen, weil Journalisten keine Quellen preisgeben müssen. Und wenn sich herausstellt, dass er Mist geschrieben hat, waren seine Lügen ja nur Andeutungen, die leider nicht gestimmt haben.«

»Ich würde gern in die Wohnung meiner Schwester ziehen«, sage ich. »Spricht etwas dagegen?«

Er zögert. »Normalerweise sind Wohnungen, in denen Morde passieren, nicht sehr beliebt. Aber sie ist freigegeben«, sagt er dann. »Der Verwalter ist schon ganz verzweifelt, weil er glaubt, dass niemand so eine Wohnung mieten will. Rufen Sie ihn an.« Er nennt mir die Telefonnummer.

Anruf beim Hausverwalter. Der macht mir Hoffnung, will aber erst den Besitzer fragen. Die Antwort kommt schnell: Ich kann die Wohnung übernehmen. »Um die Formalitäten kümmern wir uns später.«

Ich überlege, wie ich das Blut aus der Wohnung entfernen kann. »Kennen Sie eine Reinigungsfirma, die so was erledigt und dann auch das Bett entsorgen kann?«

Der Mann kennt eine und bietet an, sie zu engagieren – für mich kostenlos. Ich bin erleichtert. Ade, Knochensäge.

Wenn Pakete kommen

Julia Bergmann fragt nicht, was ich von ihr will, als ich sie um ein Gespräch bitte. Sie ist freundlich und stimmt meinem Besuch zu. Vermutlich weiß sie schon, dass ich Marions Wohnung übernehme.

»Soll ich etwas mitbringen?«, frage ich.

»Aber nein«, wehrt sie ab. »Machen Sie sich keine Umstände.«

Ein neues Bett habe ich online bestellt. Ein Doppelbett. Ich habe die Angewohnheit, im Schlaf alle viere von mir zu strecken. Ein Mann passt zur Not auch noch rein, aber das Problem stellt sich gerade nicht. Unterwegs zum Haus am Graben halte ich an einem Kiosk und kaufe eine Schachtel Pralinen. Ab einem gewissen Alter mögen Damen Süßes.

Julia Bergmann wohnt in der fünften Etage, hat als Einzige einen schmalen Balkon, der die gesamte Wohnfläche umgibt. Von hier schaut man über die Dächer der Stadt bis zum Fußballstadion. Unten verläuft die vierspurige Straße, die in die Innenstadt führt. Die Zimmer sind hell und im Stil eines englischen Herrenhauses eingerichtet, alles zusammengepfercht auf achtzig Quadratmetern.

Sie hat Kaffee gemacht, den sie in Tassen mit je vier kleinen Füßchen serviert. An den Wänden große und kleine Bilder, alles Originale. Bleiverglaste Art-déco-Lampen und Bücherregale. »Ich hatte mal eine Buchhandlung«, erklärt sie – mich nicht aus den Augen lassend. »Schwerpunkt klassische deutsche Literatur, Kinderbücher und Schriftsteller, die das Romantik-Genre bedienen.«

»Interessant«, lächele ich. »Ich bin freie Lektorin und habe schon einige Liebesromane bearbeitet. Die Nackenbeißer-Manuskripte kosten mich allerdings jedes Mal richtig Nerven.«

»Leider lieben viele Menschen dieses Genre«, nickt sie. »Falsche Gefühle bar jeder Vernunft.«

Wir lachen und die anfängliche Spannung löst sich. Sie ist die Erste, die nicht fragt, was Nackenbeißer-Romane sind, denn sie weiß das als ehemalige Buchhändlerin natürlich.

»Sie werden also demnächst auch in diesem Haus wohnen«, stellt sie fest. Sie schaufelt einen Löffel Rohrzucker in ihre Tasse.

Ich habe Zeit, sie zu betrachten: etwa Ende vierzig, mittelgroß, kräftig. Am auffälligsten ist ihre Frisur: akkurater Prinz-Eisenherz-Schnitt in hellblonder Farbe. Blaue neugierige Augen, feine Gesichtszüge und eine schmale Nase.

»Wie lange wohnen Sie schon hier?«, frage ich.

»Von allen Mietern am längsten«, antwortet sie. »Man nennt mich den guten Geist des Hauses.«

»Und? Sind Sie das?«

»Ich mag Menschen, die klare Fragen stellen.« Sie nimmt einen großen Schluck Kaffee, mustert mich unverhohlen.

»Also ja?«

»Ich denke ja. Vielen Nachbarn kann ich helfen, weil ich nicht mehr berufstätig und meist zu Hause bin. Ich nehme Pakete entgegen, passe auf Kinder auf, wenn die Eltern verhindert sind, und beschwere mich nicht, wenn der Hausmeister mal wieder die Mülltonnen nicht an die Straße gestellt hat oder jemand in die Waschküche pinkelt.«

»Sehr souverän«, lobe ich. »Ich freu mich schon, meine anderen neuen Nachbarn kennenzulernen.« Ich berichte von der jungen, offenherzigen Blondine, die Wunderlich und mir im Fahrstuhl begegnet ist.

»Das ist Babygirl«, erklärt sie. »Eine sehr nette junge Frau, die Sex gegen Geld anbietet. Heutzutage nennt man diese Frauen

Sexarbeiterinnen. Das passt natürlich nicht allen Mietern. Ab und zu kriegt der Hausbesitzer Briefe mit der Forderung, ihr die Wohnung zu kündigen. Bisher ohne Erfolg. Hier hat sie inseriert.«

Bergmann reicht mir eine Seite aus einer Erotikzeitung. Ja, das ist die Frau von neulich – jung, hübsch, bekleidet mit hohen Stiefeln und einem schwarzen Stringbody, der den üppigen Busen betont.

»Sie hat vermutlich andere Begabungen als die deutsche Sprache«, grinst meine Gastgeberin. »Sie heißt Irina und kommt aus Moldawien. Die meisten Beschwerden über sie stammen von Monsignore Martinelli. Das ist unser katholischer Geistlicher. Der wohnt direkt neben Babygirl im dritten Stock und fühlt sich durch sie und ihre Freier belästigt.«

»Vielleicht sollten sich der Priester und Babygirl einfach mal näher kennenlernen«, feixe ich.

»Aussichtslos«, widerspricht Bergmann. »Monsignore Martinelli hat sich seine Triebe schon kaputtgebetet. Da rührt sich nichts mehr.«

»Nett ausgedrückt«, lache ich. »Sie haben eine scharfe Zunge.«

»Manche sagen auch Schandmaul. Aber damit werde ich fertig.«

»Wie meinen Sie das? Haben Sie eine schlechte Zeit hinter sich?«

»Ach was, das ist nur eine Floskel.«

Es ist gemütlich in diesem Zimmer. Bergmann hat ein paar Lampen angeknipst, die auch jetzt am Nachmittag ein sanftes Licht verbreiten, das sich in den verglasten Drucken spiegelt, die an den Wänden hängen.

»Wie nahe standen Sie Ihrer Schwester?«

»Die Frage habe ich mir selbst auch schon gestellt, und zwar während der Vernehmung durch die Polizei«, gebe ich zu.

»Und? Haben Sie eine Antwort gefunden?«

»Wir hatten uns voneinander entfernt.«

»Und Lilli? Mögen Sie Ihre Nichte?«

»Ich kann mit Kindern wenig anfangen«, gestehe ich.

»Trauen Sie ihr die Ermordung von Marion zu?«

»Natürlich nicht!«, versichere ich.

Julia Bergmann schaut mich skeptisch an. »Entschuldigen Sie meine Fragerei. Aber ich mag die Kleine – ihr autistisches Verhalten macht sie besonders. Ich halte sie für hochbegabt und nicht für behindert. Sie hat nur eine andere Art zu denken, zu fühlen und zu handeln.«

»Ist sie eigentlich auf einer Förderschule?«, frage ich.

»Nein, sie kommt in der Gesamtschule gut mit. Ihr Problem war ihre Mutter. Lilli war Marion gleichgültig.«

»Und Lillis Vater?«

»Ich weiß es nicht. Es gab Herrenbesuche bei Marion, aber ob der Vater dabei war, kann ich nicht sagen.«

Draußen beginnt es zu dämmern. Durch das schräg gestellte Fenster dringt Menschen- und Motorenlärm.

»Bald füllen sich die Kneipen und Bars im Kreuzviertel«, sagt sie. »Falls Sie hier einziehen, nehmen Sie ein hinteres Zimmer als Schlafzimmer. Da ist es ruhiger.«

»Danke für den Tipp. Was wissen Sie noch über meine Schwester?«

Julia Bergmann öffnet die Pralinenschachtel und bietet an. »Ich liebe Nougat«, schwärmt sie und greift zu. »Ja, was weiß ich eigentlich über Ihre Schwester? Ich weiß gar nicht, wie ich Ihre Frage beantworten soll«, gibt sie zu. »Was ich zu wissen glaube, ist vielleicht nicht das, was wirklich wahr ist. Man kann den Menschen ja nicht einfach alles glauben, was sie von sich selbst erzählen.«

»Ich suche nicht nach der Wahrheit«, sage ich. »Ich will nur ein paar Informationen über Marions Leben. In den letzten Jahren hatte ich kaum Kontakt zu ihr. Waren Sie mit ihr befreundet?«

»Nein, keine Freundschaft, sondern eher ein Leben-und-leben-Lassen.«

»Wie meinen Sie das?«

Sie streicht ihre Bluse glatt. Das heftige impressionistische Blumenmuster passt farblich zur Einrichtung der Wohnung. »Ihre Schwester war alkoholkrank. Ab Mittag war sie nicht mehr ansprechbar. Ich habe mich um Lilli gekümmert, wenn sie aus der Schule nach Hause kam. Sie weiß, wo mein Schlüssel liegt, und kann in meine Wohnung, auch wenn ich nicht da bin. Sie bekommt von mir zu essen und ich habe ihr auf meinem Speicher ein Refugium eingerichtet. Allein für sie. Ich zeige es Ihnen, wenn Sie hier eingezogen sind.«

»Wie konnte meine Schwester so abstürzen?«, frage ich – erschüttert von Bergmanns Worten. »Ich verstehe auch nicht, warum sie arbeitslos geworden ist.«

»Ihre Schwester hat den Job verloren, weil sie wiederholt betrunken zur Arbeit kam. Menschen verändern sich durch Schicksalsschläge«, sagt Bergmann.

Sie steht auf, nimmt eine Flasche aus dem Weinregal. »Apropos Alkohol – wollen Sie auch? Ein Roter aus Italien. Beste Ware.«

»Nein, danke. Ich muss noch fahren.«

»Wann ziehen Sie ein?«

»Sobald die Wohnung gesäubert und hergerichtet ist. Der Verwalter kümmert sich darum.«

»Dann auf ein gutes Miteinander, Frau David.«

Sie reicht mir die Hand und lächelt mich an. Ihre Augen werden schmaler und die Lippen verkleinern sich zu einem Strich. Sie ist eine Frau, die im Kriegsfall keine Gefangenen macht.

Ich nehme die Treppe nach unten, um mir die Namensschilder anzusehen. Marion und Lilli haben direkt unter Frau Bergmann gewohnt. Der große Blumentopf mit dem *Ficus benjamini* braucht Wasser – darum werde ich mich kümmern, wenn ich das nächste Mal vorbeikomme, oder ich rufe Frau Bergmann zwecks Wässerung an, nehme ich mir vor. Daneben wohnt ein Mann oder eine Frau namens S. Bellini. Außer dem schmucklosen Namensschild gibt es null Deko.

Anders in der dritten Etage: Irina Iwanowa. Ein Kranz aus künstlichen Rosen klebt an der Tür, der Druck an der Wand zeigt eine Taiga-Landschaft nebst Wildpferden und Sonnenuntergang.

Die Tür der Wohnung daneben ist mit dem Gekreuzigten geschmückt. Auf dem Namensschild steht *Monsignore Martinelli*, darunter ein Holzschild mit einem Bibelspruch: *Wo ihr in ein Haus kommt, da sprechet zuerst: Friede sei in diesem Hause! Lukas 10,5.*

Plötzlich höre ich aus der Wohnung von Babygirl Geräusche. Die Tür öffnet sich. Ich sehe den Rücken eines Mannes, der sich vom leicht bekleideten Babygirl verabschiedet. Er dreht sich um und erstarrt.

»Was ... was machen Sie denn hier?«, stottert Hauptkommissar Luis Wunderlich mit hochrotem Kopf.

»Ich habe jemanden besucht«, antworte ich. »Sie wohl auch?«

Er nickt. »Frau Iwanowas Aussage war noch nicht komplett, wir mussten da noch etwas ergänzen«, krächzt er.

Ich habe noch niemanden erlebt, der so schlecht lügt wie er.

»Verstehe«, grinse ich. »Als Polizist ist man eben immer im Dienst.«

»Genauso ist es«, meint er trotzig.

»Ihr Hemd ist falsch zugeknöpft«, bemerke ich. »Ihr Hosenschlitz ist auch noch halb geöffnet. Aber die Socken passen heute zusammen.«

Erschrocken schaut er an sich hinab und zieht den Reißverschluss nach oben. Schweiß glänzt auf seiner Stirn.

Irina Iwanowa schüttelt süffisant lächelnd ihre blonde Mähne, rafft ihr glänzendes Negligé zusammen und schließt die Tür.

Neue Zeiten, neue Menschen

In den nächsten Wochen kündige ich meine Wohnung, unterschreibe den neuen Mietvertrag, beantrage den Erbschein für Lilli. Marion hat das Geld vom Verkauf unseres Elternhauses fast verbraucht, aber zum Glück auch keine Schulden hinterlassen. Ich suche ihre Papiere durch, um eine Spur zu Lillis Vater zu finden, doch da ist nichts. Keine schöne Arbeit, ich komme mir vor wie eine Leichenfledderin.

Der Hauswirt hat Marions Wohnung säubern und streichen lassen. Ihre Möbel gebe ich weg, ebenso die Bücher, die nicht nach meinem Geschmack sind: Science-Fiction und harte Thriller, in denen die Grausamkeiten beschrieben werden, die Serienkiller ihren Opfern antun.

In Lillis Zimmer verändere ich nichts. Bett, Schrank, Schreibtisch, ein paar Stühle. Alles irgendwie kalt, nichts Weiches oder Kuscheliges. Sie hat wenig Spielzeug, kein Mädchen-Zeugs oder Glitzerkram. Eine Puppe mit Halbglatze liegt auf dem Bett. Sie erinnert mich an die Barbie, die ich als Kind besaß: Nach einer Woche hatte ich ihr die Haare durch Dauerkämmen vom Kopf entfernt und sie anschließend ins Klo geworfen. Der Abfluss war verstopft und im Haus konnte niemand mehr seine Abwässer wegspülen.

In einer Mappe sind Bilder aufbewahrt. Fantasievolle Tierzeichnungen, aber keine Menschen. Zahlreiche Blätter mit Quadraten, die Zahlen enthalten. Es wirkt wie ein mathematisches Spiel, das nur Experten verstehen können. Warum beschäftigt sich eine Zehnjährige mit Zahlenreihen? Ein Psychologe könnte sicher mehr dazu sagen.

Nach und nach sammle ich Informationen über meine künftigen Nachbarn. Von Frau Bergmann weiß ich, dass einige schon seit Jahrzehnten in diesem Haus wohnen.

Die meisten lerne ich beim Aufräumen und Schleppen von Kisten kennen. Mein direkter Nachbar heißt Simon Bellini und ist Violinist im städtischen Sinfonieorchester, ein attraktiver, dunkelhaariger Lockenkopf in meinem Alter mit schwarzen Kohlenaugen. Wenn er nicht gerade fiedelt, singt er Händel- oder Bach-Arien. Er übt viel. Nach zwei Tagen kann ich die Arien mitsingen. Sein Singen hört sich viel besser an als die Knochensäge in der Fleischerei. Insofern habe ich mich enorm verbessert.

Monsignore Martinelli bedient das Klischee des verklemmten Gottesmannes. Seine Stimme hat den Predigerton, leise, ein wenig heiser und gleichzeitig von oben herab. Er nennt mich *Meine Tochter*, fasst mich unaufgefordert am Arm und starrt mich aus feuchten gletscherblauen Augen an. Traditionell trägt er eine schwarze sackartige Soutane, um den Hals ein hölzernes Kreuz, das angeblich einen echten Knochensplitter von Jesus enthält. Diese Splitter existieren weltweit zu Hunderttausenden Exemplaren und sie haben der Mutter Kirche durch den Verkauf derselben ansehnlichen Reichtum eingebracht.

Direkt unter dem Geistlichen hat sich sein Kontrastprogramm eingenistet: Schlotterbeck, ein ehemaliger Boss der Bandidos. Früher eine große Nummer in der Unterwelt, heute Hartz-IV-Empfänger mit Thrombose, Rollator und ambulantem Pflegedienst.

Polizeibesuch

Mein Umzug versetzt mich in einen Zustand der Euphorie. Ich fühle mich wieder mitten im Leben. Erst jetzt fällt mir auf, wie einsam ich war – umgeben von Manuskripten, die ich nicht mochte, Geräuschen, die nicht zu ertragen, und Gerüchen, die mir eklig waren.

Der Kontakt zu Hauptkommissar Luis Wunderlich ist nach unserer Begegnung vor Babygirls Wohnung eingeschlafen. Er taucht allerdings häufig in Zeitungen und anderen Medien als Chef der Sonderkommission *Mord am Graben* auf – meist mit der Aussage, dass er aus ermittlungstaktischen Gründen nichts sagen dürfe.

Auch das Jugendamt erhält seine Schlagzeilen: Nachbarn behaupten, die Behörde habe – trotz Hinweisen auf eine Vernachlässigung des Kindes – nicht reagiert.

Dann begegnet mir Wunderlich doch wieder, dieses Mal im Aufzug. Er ist glatt rasiert, trägt ein eng anliegendes, schickes Oberhemd statt eines schlabbrigen T-Shirts, mit dem er sich sonst »schmückt«. Der herbe Duft eines Herrenparfums weht durch den Flur.

»Wow! Sie sehen toll aus«, rufe ich bewundernd aus. »Haben Sie wieder einen dienstlichen Termin bei Frau Iwanowa?«

Seine Gesichtszüge entgleiten. »Musste das jetzt sein?«

»Sorry, das konnte ich mir nicht verkneifen«, sage ich und grinse.

»Ja, ja. Das war ein Fehler von mir«, gibt er zu. »Private Kontakte zu Verdächtigen in einer Mordsache sind untersagt. Danke, dass Sie das nicht an die große Glocke gehängt haben.«

»Warum sollte ich? Kommen Sie doch rein.«

Er folgt mir ins Wohnzimmer. »Hier sieht es ja völlig anders aus«, ruft er sichtlich angetan.

»Ich habe Marions Möbel komplett entsorgt. Setzen Sie sich.« Ich deute auf einen Freischwinger aus der Bauhaus-Zeit. Vorsichtig lässt er sich nieder. Der Stuhl hält ihn aus.

»Die Ermittlungen stehen kurz vor dem Abschluss. Sie werden allerdings folgenlos bleiben, weil Lilli mit ihren zehn Jahren nicht strafmündig ist. Aus dem Kind kriegt man kein Wort heraus. Die Indizien sind eindeutig. An der Tatwaffe, das ist ja dieses lange Fleischmesser aus der Küche, gibt es nur Spuren von Frau Bergmann und Lilli. Lillis Kleidung war wie eingetaucht in das Blut Ihrer Schwester.«

»Sie müssen weitersuchen«, fordere ich. »Gibt es denn keine Abwehrspuren? Unter den Fingernägeln?«

Er verneint. »Nichts von dem. Ihre Schwester hatte rund zwei Promille Alkohol im Blut. Da spürt man nicht mehr viel.«

»Der Schlüssel zu der Wohnung lag im Blumentopf. Mit dem konnte jeder ganz einfach in die Wohnung gelangen«, erinnere ich.

Wunderlich schüttelt den Kopf. »Wir haben die Hausbewohner vernommen, niemand hat ein Motiv. Besucher des Hauses, also Patienten des Augenarztes oder die Kunden, die den Optiker besucht haben, fallen weg, weil die Läden, beziehungsweise die Praxis, zur Tatzeit schon geschlossen hatten. Ab zweiundzwanzig Uhr kann man die Tür von außen nicht mehr aufdrücken, damit Betrunkene aus den umliegenden Kneipen nicht in den Flur pissen oder die Briefkästen aufbrechen.«

»Und die Physiotherapiepraxis?«, frage ich. »Dort gibt es eine Tür, die ins Haus zu den Mietwohnungen führt. Der Mörder könnte sich versteckt haben und dann später ins Treppenhaus gekommen sein. Da sind der Raum mit den Mülltonnen und die Waschküche – genug Möglichkeiten, sich zu verstecken.«

Wunderlich seufzt. »Glauben Sie mir, wir haben all das bedacht. Der Oberstaatsanwalt will den Fall jetzt vom Tisch haben. Alles spricht gegen Ihre Nichte – so leid es mir tut.«

»Ja, das ist schlimm«, gebe ich zu. »Wie soll das Kind damit jemals klarkommen?«

»Darf ich Sie mal etwas fragen?«

»Ja.«

»Warum weinen Sie nicht?«

»Warum fragen Sie das?«

»Weil es mich wundert«, sagt er. »Die meisten Frauen brechen in Tränen aus, wenn es um Kinder oder ihre Verwandten geht. Aber bei Ihnen habe ich noch keine einzige Träne fließen sehen.«

»Wo steht geschrieben, wann man zu weinen hat?«, frage ich.

»Nirgends«, sagt er. »Es ist mir nur aufgefallen. Entschuldigen Sie bitte.«

Bologneser Tränen

Ich habe jahrelang nicht mehr geweint. Aber das ist meine Sache. Manche Frauen heulen bei jedem Scheiß – ob Mückenstich, verrutschtes Make-up oder um Mitleid zu erregen –, bei mir sind die Tränen seit Jahren versiegt. Weinen ist Schwäche, Flucht und Hilflosigkeit. Nicht-Weinen ist Stärke, Rache, Widerstand und Angriff.

Als ich ungefähr zwanzig war, hat mein Vater wissen wollen, was mit mir los ist. Alle Frauen würden weinen und sei es nur aus taktischen Gründen.

Ich habe geschwiegen, weil ich keine Antwort wusste.

»Du hast Bologneser Tränen«, sagte er.

Ich habe das damals nicht verstanden und in einem Lexikon nachgeschaut.

> *Bologneser Tränen sind kleine Glastropfen mit einem Kopf, der sich zu einem Schwanz verjüngt. Sie stehen durch die Art ihrer Herstellung derart unter Eigenspannung, dass der Kopf der Träne stark mechanisch belastbar ist und Hammerschläge aushält, der komplette Tropfen aber beim Abbrechen seines Schwanzes zu Glasstaub zerspringt.*

Seitdem weiß ich, dass ich nur weinen kann, wenn meine Eigenspannung von außen gestört wird.

Das Jugendamt ruft an. Ich darf mich am Nachmittag mit Lilli treffen – unter Aufsicht eines Arztes und einer Sozialarbeiterin. Das Gespräch mit Lilli – falls es dazu kommen sollte – wird aufgezeichnet. Die Polizei hört von einem Nebenraum aus mit.

Ich habe Angst. Nicht vor Lilli, sondern vor mir. Wie soll ich auf das Kind zugehen? Freundlich, sachlich, anbiedernd? Ich werde improvisieren müssen. Was anderes kann ich sowieso nicht.

Ich stelle ein paar Fotos zusammen, auf denen Lilli zu sehen ist. Marion hat sie in einem Karton gesammelt und mit einem Datum versehen. Die ältesten Bilder zeigen Lilli als Säugling mit einer offensichtlich glücklichen Mutter, die entspannt in einen Sessel gekuschelt ist und ihr Baby im Arm hält.

Das letzte Foto ist vor zwei Jahren gemacht worden, als Lilli acht Jahre alt war: ein sehr schmales Kind mit großen Augen und leerem Blick, zu dem die verwuschelten blonden Haare nicht so wirklich passen wollen. Das Kleidchen ist einfarbig blau mit weißem Krägelchen. Vom Stil her passt es ins vorletzte Jahrhundert, eine Zeit, in der die Menschen nicht lachen sollten, wenn sie fotografiert wurden, weil die Belichtungszeiten sehr lang waren und das Gesicht bei Bewegung unscharf wurde.

Ich wähle eine schwarze Hose und einen kornblumenblauen Pullover. Dazu flache Schuhe aus Wildleder. Unauffälliges Make-up und einen Lippenstift, der fast keine Farbe hat, sondern nur etwas Glanz spendet.

Das Telefon meldet sich – es ist Wunderlich. »Ich soll an Ihrem Gespräch mit Lilli als Zuhörer teilnehmen und will gerade zur Kinderpsychiatrie«, erklärt er. »Soll ich Sie mitnehmen?«

Ich stimme zu. Vielleicht verschwindet meine Nervosität während der Fahrt.

Er hat feuchte Haare und ist rasiert.

Wunderlich fährt schneller als die erlaubten fünfzig Stundenkilometer. Prompt wird er geblitzt. Er flucht.

»Selbst schuld«, murmele ich.

»Können Sie nicht einfach still sein?«

»Ich kann ja die Hälfte bezahlen«, biete ich an.

»Nicht nötig«, zickt er. »Das kriege ich grade noch hin mit meinem Polizistengehalt.«

Wir biegen zur psychiatrischen Klinik ab.

»Mir ist übel«, sage ich. »Ich kann nicht gut mit Kindern.«

»Seien Sie einfach wie immer«, rät er. »Verständnisvoll, freundlich und liebevoll Ihren Nächsten gegenüber.«

»Danke für den fachmännischen Rat«, entgegne ich mit ironischem Unterton. »Haben Sie auch Kinder?«

»Ich hatte eine Tochter.«

Hatte. Ich bin perplex.

»Entschuldigung.«

»Das tut nicht not«, wehrt er ab. »Das erzähle ich sonst niemandem. Sie haben eine Begabung, die Menschen dazu bringt, sich Ihnen anzuvertrauen. Trotz Ihrer ruppigen Art.«

Ich bin mir nicht sicher, ob er mir ein Kompliment gemacht hat.

An der Pforte wartet bereits ein Mitarbeiter auf uns. Er bringt uns in die Kinderpsychiatrie.

Magische Quadrate I

Sie sieht mich noch nicht, aber ich sehe sie. Lilli sitzt hinter einer Glasscheibe an einem kleinen Tisch, die dünnen Beinchen fest auf den Boden gestemmt. Ihr Blick folgt einer Fliege, die an der Fensterscheibe scheitert.

Ein Tisch, vier Stühle, bunte Drucke an der Wand. Der Arzt, er heißt Rosenblatt, und die Sozialarbeiterin befinden sich schon im Raum. Ich begrüße sie und gehe zu Lilli. Mein Herz klopft.

»Hallo, Lilli, guten Tag. Weißt du noch, wer ich bin?«

Sie schaut kurz hoch. Ich schiebe den zweiten Stuhl an den Tisch, setze mich und strecke meine Hand in ihre Richtung.

»Du kannst dich vielleicht nicht an mich erinnern«, versuche ich es weiter. »Ich bin deine Tante Alix.«

»Erzählen Sie ihr eine Geschichte«, raunt der Arzt. »Etwas Schönes oder Aufregendes. Vielleicht auch etwas über ihre Mutter.« Und noch leiser: »Wenn Ihnen nichts einfällt, dann erfinden Sie einfach was!«

Lillis Augen bleiben gesenkt – so, als sei ich nicht da.

»Ich habe dir etwas von zu Hause mitgebracht.« Ich hole einen Umschlag aus meinem Beutel und schiebe ihn über den Tisch. »Deine Zahlen.«

Ohne mich anzusehen, blinzelt Lilli auf die Blätter, die aus dem Kuvert ragen. Sie greift danach und zieht sie zu sich hin.

»Das hast du toll gemacht«, lobe ich. »So viele Zahlen aufzuschreiben ist ja viel Arbeit. Als ich in deinem Alter war, hasste ich Zahlen.«

Jetzt kommt Bewegung in das Kind. Ich reiche Lilli einen Stift, sie nimmt ihn, vervollständigt einige Quadrate und beginnt neue. Sie ist voll konzentriert. Ihr zartes Gesicht bekommt Farbe und sie schlenkert mit den Beinchen.

Der Arzt schaut erstaunt.

»Hat deine Mama dir das beigebracht?«, frage ich. »Wie heißt das Spiel und was bedeutet es?«

Sie schweigt zwar, aber das Leben scheint in sie zurückgekehrt. Mir wird warm ums Herz. Ich wage es, ihre kleine Hand zu nehmen. Sie lässt es geschehen.

»Das nächste Mal bringe ich dir mehr Papier und einen schönen Stift mit«, verspreche ich.

Lilli lächelt mich an und zieht ihre Hand zurück. Als hätte sie etwas Verbotenes gemacht. Immerhin, ein kleiner Anfang.

Im anschließenden Gespräch mit dem Therapeuten, der Sozialarbeiterin und Wunderlich zeige ich ihnen Lillis Zahlenreihen. »Haben Sie eine Ahnung, was das bedeutet?«, frage ich.

»Lilli leidet an Asperger, einer Variante des Autismus«, antwortet der Mediziner. »Kurz gesagt: Sie hat wohl eine mathematische Begabung, aber sie hat Probleme mit sozialem Verhalten und Empathie. Sie kann keine Beziehungen zu Menschen aufbauen, weil ihr die Fähigkeit fehlt, Gestik und Mimik und auch Blicke von anderen Menschen zu erkennen und sie zu mentalisieren.«

»Haben Sie eine Ahnung, was diese Zahlenreihen bedeuten?«, wiederhole ich meine Frage.

»Nein«, gibt Rosenblatt zu. »Das mit den Zahlen ist bestimmt eine Inselbegabung.«

»Warum spricht Lilli nicht?«, fragt Wunderlich.

»Das ist wohl der Schock. Die wichtigste Aufgabe ist jetzt, sie in die reale Welt zurückzuholen und dafür zu sorgen, dass es ihr besser geht«, sagt der Arzt. »Dann spricht sie auch wieder.«

»Wie lange wird sie in der Klinik bleiben müssen?«, frage ich.

Der Arzt zuckt die Schultern. »Die Dauer der Therapie lässt sich nicht voraussagen.«

Er schaut zu Lilli. Sie beschreibt emsig das Blatt Papier.

»Ihr Besuch tut ihr gut«, behauptet er. »Kommen Sie ruhig öfter hierher. Aber verkneifen Sie sich bitte Fragen zur Tat. Irgendwann wird sie uns erzählen, was passiert ist.«

»Ich komme gern wieder«, sage ich.

»Ich muss Ihnen noch etwas mitteilen«, sagt Rosenblatt. »Lilli hat am ganzen Körper verheilte Wunden. Sie muss in der Vergangenheit verprügelt worden sein.«

Wunderlich und ich sehen uns entsetzt an. »Marion?«, frage ich.

»Das wissen wir nicht«, antwortet der Psychiater. »Wir haben die Informationen an die zuständigen Behörden weitergegeben.«

Ich stoße ein langes, erleichtertes »Puh« aus, als wir im Auto sitzen. »Das muss ich erst mal alles verdauen.«

»Deine Schwester war wohl komplett überfordert«, vermutet Wunderlich. »Kinder sind eine Herausforderung.« Er duzt mich. Kann er haben.

»Ach so«, entgegne ich. »Hast du etwa Verständnis für Marion?«

»Nein. Aber Eltern sind nicht immer perfekt – besonders nicht, wenn sie ihr eigenes Leben nicht im Griff haben. Die Kleine mag dich jedenfalls«, sagt Wunderlich und startet den Motor.

»Ich mag sie auch und werde sie so oft wie möglich besuchen.«

»Hast du Lust, mit mir noch einen Absacker zu nehmen?«, fragt er.

»Gern. Gegenüber vom Haus am Graben ist eine nette Kneipe.«

»Ist das eigentlich okay, dass ich dich duze?«

»Alles ist gut.«

Wir schweigen den Rest der Strecke. Er stellt sein Auto ins Parkverbot.

»Nicht schon wieder«, stöhne ich.

»Heute Nachmittag hat das Ordnungsamt Pause«, erklärt er. »Belegschaftsversammlung.«

Die Kneipe ist cool eingerichtet mit groben Holztischen, alten Grubenlampen und Ledertapeten. Entspannter Jazz im Hintergrund, junges Publikum, viele mit Handy, aber auch Zeitungsleser. An den Wänden Werke heimischer Künstler zum Thema Tierwohl.

Luis bestellt ein alkoholfreies Bier, ich einen halben Liter Weißwein.

»Was ist mit deiner Tochter passiert?«, frage ich.

Die nächste halbe Stunde erzählt er mir seine tragische Geschichte. Die Kurzform: Seine sechzehnjährige Tochter bekommt Kontakt zu einem Drogendealer, der sie abhängig macht und auf den Strich schickt. Ein sogenannter Goldener Schuss beendet ihr Leben. Luis' Ehe geht daran kaputt.

»Meine Frau hat mir eine Mitschuld gegeben«, sagt er. »Weil ich mich nicht genug um unsere Tochter gekümmert habe und nicht in der Lage war, sie aus der Szene rauszuholen, obwohl ich doch Polizist bin. Seitdem lebe ich allein.«

Ein paar Minuten hängt jeder seinen Gedanken nach.

»Danke, dass du mir zugehört hast«, sagt Luis. »Ich sollte jetzt gehen.«

Wir zahlen und verlassen die Kneipe. Ich sehe ihm nach. Eigentlich ist er die Art Mann, die ich mag. Eigentlich.

Der Fahrstuhl fährt mich in die vierte Etage zu meiner Wohnung. Es ist still im Haus.

Mein Schlafzimmer liegt oberhalb eines ruhigen Gartens, der zwar ungepflegt und voller Unkraut ist, aber frische Luft in die Wohnung lässt. Sie duftet nach Kamille.

Ich schalte den Fernseher an. Ukraine-Krieg, Corona, Streit im Bundestag, Terroranschläge in der Türkei, Afghanistan. Im Lotto habe ich auch wieder nicht gewonnen.

Grübeleien

Die nächste Zeit verläuft ohne besondere Vorkommnisse. Meine neue Wohnung ist so gut wie fertig eingerichtet. Das Schloss habe ich erneuern lassen. Ich liebe die Bellini'schen Geigentöne von nebenan, die Gespräche mit Julia Bergmann, die kleinen Kneipen im Viertel und die Wein- und Feinkostläden. Trotzdem fehlt etwas – Geld. Ich muss mich beruflich neu orientieren, sonst ist die Rücklage auf meinem Konto bald aufgebraucht.

Die Manuskripte der meisten Möchtegernautoren schicke ich zurück, Aufträge von Verlagen lehne ich ab. Die Angebote der Agentur für Arbeit sind dünn. Ich schreibe zwar einige Bewerbungen, schicke sie dann aber nicht ab. Ich will nicht in Amtsstuben herumsitzen, *Deutsch für Ausländer*-Kurse in der Volkshochschule geben oder mich als wissenschaftliche Hilfskraft an der Uni verdingen.

Einmal die Woche besuche ich Lilli. Ich spüre, dass sie sich freut, wenn ich komme. Allerdings haben mir die Ärzte jede Einmischung in die Therapie verboten, seitdem sie mich dabei erwischt haben, wie ich ein Foto von Marion auf den Tisch lege. Lillis Reaktion ist weder angstvoll noch ablehnend gewesen. Ausdrucklos zeichnet sie mit ihrem Zeigefinger die Konturen von Marions Gesicht nach.

Soll ich die Verantwortung für ein gestörtes Mädchen übernehmen? Kann ich das überhaupt? Dr. Rosenblatt kann meine Bedenken verstehen und schlägt vor, dass Lilli nach ihrem Aufenthalt in der Klinik zunächst in einer Pflegefamilie untergebracht wird und weiterhin die gewohnte Schule besucht. »Die Ferien kann sie dann bei Ihnen verbringen und Sie können sehen, ob es zwischen Ihnen passt.«

Ich frage Julia Bergmann. »Versuchen Sie es einfach«, rät sie.

»Ich kann nicht mit Kindern umgehen«, jammere ich.

Sie lacht los. »Jeder kann mit Kindern umgehen. Seien Sie ganz natürlich und so liebevoll, wie Sie sein können. Immerhin hat Lilli Schlimmes erlebt. Ob sie auch Schlimmes getan hat, steht für mich noch lange nicht fest. Es muss noch jemand anderer in der Wohnung gewesen sein. Handschuhe hinterlassen keine Spuren. – Kommen Sie, ich zeige Ihnen Lillis Reich auf meinem Dachboden. Vielleicht verstehen Sie das Kind dann besser.«

Eine steile Treppe führt uns nach oben.

»Ich habe den Speicher gemietet und ich kann ihn allein nutzen. Hier lagere ich die Bücher, die ich bei der Auflösung meiner Buchhandlung nicht verkaufen wollte«, erklärt sie. »Ich habe es nicht übers Herz gebracht, sie an die Verlage zurückzuschicken.«

Die Beleuchtung ist schummrig. Bergmann stemmt ein verschmutztes Dachfenster auf. Ich erkenne Regale, vollbepackt mit Büchern, außerdem Kartons und vereinzelte Möbelstücke.

Bergmann räumt einen Paravent beiseite und drückt einen Lichtschalter, der sich an der Wand befindet.

Hinter der Wand steht ein großer, breiter Schrank in klassizistischem Stil. Bergmann öffnet die zweiflügelige Tür. »Lillis Reich«, sagt sie.

Eine flauschige Decke, Kissen, Tetrapacks mit Saft, zwei Gläser, Bücher, ein Schreibbrett, das man auf die Oberschenkel auflegen kann, und eine Taschenlampe.

»Das hat sich Lilli so eingerichtet«, erklärt Bergmann. »Den Knabberkram und die Drinks hab ich besorgt. Hier hat sie Stunden verbracht, besonders an den Wochenenden und in den Ferien. Der Mutter war es egal – so musste sie sich nicht um Lilli kümmern.«

Ich schaue mir die Bücher näher an. *Kommutative Algebra* und *Algebraische Geometrie* und *Geschichte und Anwendung von Magischen Quadraten in Zeit und Raum.*

»Schon wieder dieses Interesse für Mathematik«, wundere ich mich. »Ich verstehe noch nicht mal die Titel.«

»Die meisten Bücher habe ich ihr geschenkt«, erklärt Julia Bergmann. »An den Quadraten fasziniert sie besonders, dass sie der Welt angeblich eine gewisse Ordnung geben und angeblich gegen schädliche Einflüsse und Hexerei schützen. Lilli hat einen Riesenspaß daran, selbst Quadrate zu erstellen.«

»Mehr steckt nicht dahinter?«

»Ich glaube nicht. Oder – noch nicht«, antwortet sie. »Für Lilli ist es ein Spiel. Im Orient sind magische Quadrate seit der Zeit Alexanders des Großen bekannt. Astronomen, Astrologen und Teufelsanbeter beschäftigen sich seit Jahrtausenden ebenfalls mit ihnen.«

Strafmaßnahme

Am frühen Morgen: Blaulicht vor dem Haus am Graben. Zahlreiche Schaulustige haben sich versammelt. Im Haus herrscht Chaos.

»Der Pfaffe baumelt vor meinem Fenster«, schreit Ex-Bandido Schlotterbeck durchs Treppenhaus. »Aber ich habe damit nichts zu tun.«

»Nun beruhigen Sie sich«, höre ich Luis sagen. »Niemand beschuldigt Sie. Gehen Sie in Ihre Wohnung und warten Sie dort.«

Ich gehe auf die Straße und schaue mir das Desaster an: Monsignore Martinelli baumelt tatsächlich vor dem Fenster von Schlotterbecks Wohnung – mit einem Strick um den Hals. Sein zierlicher Körper ist in die Soutane gehüllt. Die ist schwarz mit violetten Borten und Knöpfen. Auch das weiße Kollar, das um den Hals getragen wird, fehlt nicht. Sein Gesicht kann ich nicht erkennen. Mein Blick wandert nach oben. Ja, das andere Ende des Stricks muss sich in Martinellis Wohnung befinden.

Meine Studien werden durch Bluthund Branco Waremme unterbrochen. Er winkt mir zu, als wären wir beste Freunde. »Dieses verdammte Haus ist verflucht«, ruft er. Eine Minute später steht er neben mir. »Was weißt du?«

»Da hinten ist die mobile Pressestelle der Polizei – die warten schon auf dich«, fauche ich ihn an und zeige auf den VW-Bulli.

»Die sagen doch nix«, mault er. »Nun mach schon. Erzähl mir alles, was in diesem verdammten Haus passiert. Als meine exklusive Quelle. Kriegst auch ein Info-Honorar. Sind fünfzig Euro okay?«

Mir fehlen die Worte.

Aber er ist nicht zu stoppen. »Hatte der Tote Kontakt zu Kindern? Etwa zu kleinen Jungen?«

Die Feuerwehr rettet mich. Sie befreit Martinellis Körper von dem Seil. Waremme macht die Kamera schussbereit.

Die Feuerwehrleute verhüllen Martinellis Gesicht, um ihn vor Blicken zu schützen, legen ihn auf eine Trage und lassen ihn hinab. Blitzlichtgewitter, Geschrei und Gemurmel. Einige Schaulustige wenden sich ab, manche weinen sogar.

Als die Decke zur Seite rutscht und die gefalteten Hände des Priesters zu sehen sind, geht ein entsetztes Raunen durch die Gruppe. Dann verschwindet die Leiche im Wagen des Bestatters.

Ich gehe zur Haustür und treffe auf Luis.

»Selbstmord?«, frage ich.

»Sieht so aus. Geh in deine Wohnung«, bittet er. »Ich komme gleich zu dir.«

»Willst du mich als Zeugin befragen?«

»Klar, aber wir verbinden das Nützliche mit dem Angenehmen oder umgekehrt. Mach den Kaffee nicht so stark. Nach dem letzten Mal hatte ich Sodbrennen.«

»Kanntest du den Priester?«, fragt Luis eine Viertelstunde später.

»Kennen wäre zu viel gesagt«, entgegne ich. »Ehrlich gesagt, habe ich ihn gemieden. Ich konnte diesen pastoralen Ton nicht leiden. ›Der Herr schütze Sie, meine Tochter‹ – und dann streichelte er meine Wange und bekreuzigte sich.«

Luis grinst. »Ja, das machen die Popen bei solchen Teufelsweibern wie dir.«

»Sehr witzig«, entgegne ich. »Wer hat ihn gefunden?«

Luis hat Ringe unter den Augen.

»Wir erhielten frühmorgens einen Notruf von einem Peter

Schlotterbeck, der auch in diesem Haus wohnt und vor dessen Fenster er baumelte. Was weißt du über den?«

»Schlotterbeck war früher Chef der Dortmunder Bandidos. Das hat mir Frau Bergmann erzählt. Jetzt ist er um die siebzig, bekommt Hartz IV, läuft am Rollator und futtert sich bei der Tafel durch. Dort prahlt er mit Heldengeschichten aus seinem früheren Leben, als er noch *Pistol-Pete* hieß.«

»Der Name sagt mir nicht viel«, meint Luis, »aber ich werde mich schlaumachen und die Kollegen fragen. Martinelli hat in seiner Wohnung eine rechteckige Säule, die eine Wand abstützt. Um diese Säule war ein kräftiges Seil geschlungen, das andere Ende lag um Martinellis Hals. Dann hat der Priester wohl das Fenster geöffnet, ist auf die Fensterbank geklettert, hat sich hinausgestürzt und so erhängt.«

»Selbstmord ist für die Mitglieder der katholischen Kirche verboten«, erinnere ich. »Wenn ihm das egal war, muss er sehr verzweifelt gewesen sein.«

»In seinem Abschiedsbrief bittet er Gott um Vergebung seiner Sünden. Welche Sünden das waren, hat er leider nicht erwähnt. Ich habe schon bei der katholischen Stadtkirche angerufen, aber die mauern.«

Martinshorn tönt aus Luis' Handy. Er geht dran. Seine Körperhaltung ändert sich. Irgendetwas ist passiert. »Ich habe verstanden«, sagt er und legt auf.

»Alles gut?«, frage ich.

»Nein.«

Ich warte, während er um Fassung ringt.

»Ich bin raus.«

»Raus?«

»Man hat mich von dem Fall abgezogen.«

»Was?«

»Irina Iwanowa hat bei ihrer Vernehmung ausgesagt, dass ich ihr Freier bin«, sagt er leise. »Da sie in den Fall verwickelt sein könnte, hält der Polizeipräsident mich für befangen. Vielleicht werde ich sogar vom Dienst suspendiert.«

»Sag, dass sie lügt«, schlage ich vor.

»Das kann ich nicht.«

»Warum?«

»Sie hat dich als Zeugin angegeben. Du hast mich gesehen, als ich aus ihrer Wohnung kam.«

»Ich werde nichts sagen«, verspreche ich.

»Nein! Ich will nicht, dass du für mich lügst!« Seine Gesichtsmuskeln arbeiten. »Ich werde alles zugeben und die Strafe, die mir blüht, akzeptieren.«

Er schiebt den Stuhl zurück und steht auf. »Ich muss zu einer Anhörung ins Präsidium.«

Besuch bei Babygirl

Gegen Mittag gibt es die ersten Informationen zum Tod des Geistlichen in den Medien. Auf der Homepage der Zeitung ist zu lesen:

> ***Schon wieder ein Toter im Horrorhaus am Graben: Priester erhängt aufgefunden – war es Selbstmord?***
> *Exklusivbericht von unserem Reporter Branco Waremme*
> *Eine gruselige Entdeckung machten Passanten am frühen Morgen in der Straße Am Graben: Ein menschlicher Körper hing tot an einem Seil vor einem Fenster in der zweiten Etage. Der Tote wurde schnell identifiziert: Es handelt sich um den katholischen Geistlichen Monsignore M. (67), der selbst in dem Haus lebte. Er soll einen Abschiedsbrief hinterlassen haben – so die Staatsanwaltschaft. Ob der Tod des Geistlichen mit dem Mord an Marion Z. in Verbindung steht, ist nicht geklärt. Die 40-Jährige wurde vor einiger Zeit im selben Haus mit mehreren Messerstichen getötet – in Verdacht steht ihre zehnjährige Tochter. Das Kind befindet sich in einer psychiatrischen Einrichtung. Wir berichten weiter.*

Zwei Stunden später verdrängt eine neue Meldung den Bericht über den Selbstmord Martinellis. Die Suspendierung von Hauptkommissar Luis Wunderlich ist Thema. Der Mix aus Mord, Sex und Tabus war schon immer ein beliebtes Fressen für die sensationsgeilen Menschen, deren eigenes Leben aus Langeweile, Saufen und Fernsehen besteht. Davon leben Presseorgane und manche TV-Sendungen.

Es ist auch keine wirkliche Überraschung, dass Wunderlichs Versagen breitgetreten und kommentiert wird.

Am Nachmittag schreibt Branco Waremme:

Verbotener Kontakt zu einer Zeugin: Hauptkommissar vom Dienst suspendiert
Der Leiter der Mordkommission Haus am Graben wurde bis auf Weiteres von seiner Arbeit suspendiert. Unsere Zeitung erfuhr exklusiv, dass der Polizist unerlaubte Beziehungen zu einer Zeugin (Foto von ihrer Homepage) unterhalten haben soll. Die Frau lebte Wand an Wand mit dem toten Geistlichen. »Babygirl«, so ihr Künstlerinnenname, geht der Prostitution nach. Sie bestätigte, dass der Hauptkommissar einer ihrer Freier war.
Unsere Zeitung konnte Luis W. für eine Stellungnahme nicht erreichen. Wir berichten weiter.

Selbstmitleid ist keine Lösung

Am Abend sitzt Luis in meiner Küche. Er ist am Boden zerstört, jammert darüber, dass sein Ruf ruiniert ist und dass er – falls er seinen Job überhaupt behält – in einer Schreibstube ohne Tageslicht oder als Bezirksbulle in einem migrantenintensiven Stadtteil enden wird.

»Vor meiner Wohnung lungern jede Menge Pressetypen rum«, klagt er. »Mit Fernsehkameras.«

»Dürfen die denn Bilder von dir senden?«, frage ich. »Du hast doch das gesetzlich verbriefte Recht am eigenen Bild!«

»Inzwischen habe ich Karriere gemacht«, schimpft Luis. »Ich bin eine Person des öffentlichen Lebens. Dadurch, dass der Polizeipräsident meine Suspendierung bestätigt hat, bin ich zum Abschuss freigegeben.«

»Meine Güte, Luis, du hat Mist gebaut und das weißt du auch, also ersticke nicht in deinem Selbstmitleid«, blaffe ich ihn an.

Sein Gesicht wird erst dunkel, dann erhellt es sich plötzlich. »Du hast völlig recht. Das werde ich mir nicht bieten lassen!«

»Was meinst du?«

»Ich bin davon überzeugt, dass Lilli ihre Mutter nicht freiwillig getötet hat. Das Motiv fehlt.«

»Die Kleine wurde von ihrer Mutter schlecht behandelt«, wende ich ein.

»Hilf mir zu beweisen, dass Lilli unschuldig ist«, fordert er. »Ich habe ja jetzt Zeit genug. Wir fangen ganz von vorne an. Julia Bergmann macht bestimmt auch mit.«

»Wie soll das gehen?« Besonders begeistert bin ich nicht.

»Ich weiß, wie und wo man recherchiert«, antwortet er. »Julia Bergmann kannte deine Schwester und Lilli seit langer Zeit und weiß auch, wie die Bewohner in diesem Haus ticken. Und du …« Er macht eine Pause. »Du gehst dahin, wo es wehtut, und trittst gegebenenfalls Behörden, Idioten, Schmierfinken und Gott auf die Zehen.«

Er schaut mich an. Seine Augen werden dunkel und sein Blick weich. »Was meinst du? Das klingt doch nach einem guten Plan. Oder nicht?«

Ich seufze.

»Die bisherigen Ermittlungsergebnisse habe ich auf meinem privaten Rechner gespeichert«, fährt er eifrig fort. »Darauf können wir aufbauen. Und neue Infos hole ich mir aus dem Polizeicomputer.«

»Kommst du denn da dran trotz deiner Suspendierung?«

»Ich denke schon«, lächelt er.

Kurz darauf besuchen wir Julia Bergmann. Sie ist sofort Feuer und Flamme. »Ich will Lilli auch helfen. Was kann ich tun?«

»Sie könnten einige Sachen aus meiner Wohnung holen«, meldet sich Luis. »Ich kann dort nicht hin, weil die Medien mir im Nacken sitzen.«

Bergmann ist begeistert. »Her mit dem Schlüssel!«

Luis erklärt ihr, was er braucht.

»Ich komme mir vor wie in einem Kinderbuch von Enid Blyton aus der Drei-Freunde-Serie«, sagt sie.

»Waren das nicht fünf Freunde?«, frage ich.

»Ein bisschen Schwund ist immer«, antwortet sie verschmitzt. »Wir nennen uns *Drei Freunde auf Mördersuche im Haus am Graben.*«

Luis macht ein Gesicht, als würde er uns für gestört, mindestens aber für seltsam halten.

»Du kennst dich eben nicht aus in der Weltliteratur«, kichere ich.

Julia zieht los zu Luis' Wohnung, um seine Sachen abzuholen.

Nach zwei Stunden kehrt sie mit zwei Koffern zurück.

»Niemand hat mich aufgehalten«, berichtet sie stolz. »Ich hab auf gebrechliche Dame gemacht. Als mich ein Fotograf gefragt hat, ob ich in dem Haus wohne, hab ich Nein gesagt. Und als ein anderer Typ wissen wollte, ob ich einen Luis Wunderlich kenne, hab ich mich taub gestellt. Als ich mit den Koffern ins Taxi steigen wollte, hat mir sogar so ein Pressefuzzi beim Tragen geholfen.«

Das Abenteuer hat ihr eine rosige Gesichtsfarbe beschert.

»Sag mal, Luis«, sage ich. »Wo willst du denn nun in den nächsten Tagen schlafen, bis der Presserummel vorbei ist?«

»Bei einer von euch«, antwortet er mit einem listigen Lächeln.

»Willst du nicht zu Babygirl?«, lächele ich süßsauer zurück.

»Das wird mir auf die Dauer zu teuer«, kontert er.

So viel Selbstironie hätte ich ihm gar nicht zugetraut. Soll ich ihn bei mir wohnen lassen? Bevor ich zu Ende gegrübelt habe, sagt Julia Bergmann: »Ich habe ein schönes Gästezimmer. Da kann Luis erst mal übernachten.«

»Danke!«, freut er sich.

Alles klar, denke ich.

»Dann lasst uns anfangen.« Ich nehme einen Block aus meiner Tasche, zeichne ein Quadrat, teile es in elf Partien und schreibe die Namen der Mieter in die Vierecke: *5. Etage: Bergmann, 4. Etage: Ziegler und Simon Bellini, 3. Etage: Babygirl und Martinelli.*

Julia Bergmann hilft mir weiter. »Im zweiten Stock wohnt der Nerd. Ich nenne ihn so, weil er aussieht, als sei er bei Mama aus dem Nest gefallen. Eigentlich heißt er Oskar Hansen und studiert Informatik. Neben ihm dann Peter Schlotterbeck, der Ex-Bandido. Bleiben noch Franz Brink und die Augenarztpraxis in der ersten Etage. Im Erdgeschoss schließlich die Physiotherapiepraxis und der Optikerladen, von denen lebt aber niemand im Haus.«

»Wer ist Franz Brink?«, frage ich.

»Ein alter Mann um die achtzig. Er hatte früher eine große Gärtnerei«, antwortet Julia. »Ein ganz lieber Opa, schon ein bisschen schusselig. Die Hausverwaltung hat bereits mehrfach versucht, ihm die Wohnung zu kündigen, aber vergebens. Er lebt schon über vierzig Jahre hier. Ich habe den Mieterverein alarmiert und dafür gesorgt, dass er von einem ambulanten Pflegedienst betreut wird.«

»Du bist wirklich der gute Geist dieses Hauses«, nicke ich. Unser gemeinsamer Plan hat Julias und meine Freundschaft enger gemacht und wir duzen uns inzwischen.

»Wir müssen den Hintergrund des Opfers näher beleuchten«, schlägt Luis vor. »Gibt es Menschen, mit denen Marion Ärger hatte? Alte Arbeitskollegen? Abgewiesene Kavaliere?«

Ich denke nach. »Sie war Röntgenassistentin im Klinikum – so mein letzter Stand. Ich werde mich röntgen lassen und jemanden suchen, der sie kannte und weiß, ob jemand ein Hühnchen mit ihr zu rupfen hatte.«

Tatsachen und Träume

Mein Hausarzt stellt mir eine Überweisung zum Röntgen aus, weil ich seit Monaten einen trockenen Husten habe, der einfach nicht weggehen will. Ich bemühe mich sofort um einen Termin und bekomme einen um acht Uhr morgens im Klinikum. Keine gute Zeit für eine Langschläferin wie mich. Die Assistentin lässt sich meine Daten geben und schickt mich ins Wartezimmer. Das ist trotz der frühen Zeit schon halb voll mit stumm vor sich hin starrenden Menschen und plärrenden Kindern.

»Verdacht auf Brustkrebs?«, fragt mich eine mittelalte Frau.

»Nein, Lunge«, antworte ich. »Waren Sie schon häufiger hier?«

»Allerdings. Ich wohne fast schon hier. Hab Rücken und komm kaum noch die Treppe hoch.«

»Meine Freundin hat mal hier gearbeitet«, lüge ich. »Ist aber schon eine Weile her. Marion Ziegler.«

»Die kenn ich«, strahlt die Patientin. »Blonde Haare, etwa vierzig, schlank? Warum ist die denn weg?«

»Sie hat nur die Stelle gewechselt«, behaupte ich. »Sie kam mit ihrem Chef nicht klar.«

»Der ist doch lange tot«, weiß die Frau. »Verkehrsunfall. Vielleicht kommt sie ja jetzt zurück.«

»Frau Pieper, gehen Sie bitte in Raum vier. Wir holen Sie ab«, sagt eine Mikrofonstimme.

»Dann will ich mal.« Sie erhebt sich, stöhnt, greift sich an den Rücken und humpelt schweren Schrittes auf den Flur.

»Gute Besserung!«, rufe ich Frau Pieper nach. Das Röntgen interessiert mich nicht mehr. Ich mache mich davon.

Am Abend tauschen wir die Infos aus. Julia hat Lilli besucht und Fortschritte festgestellt.

»Die Ärzte sind zufrieden«, berichtet sie. »Sie meinen, dass sie die Klinik bald verlassen kann.«

»Und warum sagt mir das keiner?«, maule ich.

»Weil die Vormundschaft noch beim Jugendamt liegt«, erklärt Luis. »Du musst sie offiziell beantragen und das Vormundschaftsgericht entscheidet dann. In ein paar Monaten wärst du dann Mutter.«

»Willst du das denn?«, fragt Julia.

»Puhh … wenn ich das wüsste.«

Liegt es am Wein, dass meine Träume verwirrend und schmerzlich sind? Da sind dunkle Schatten, die mich verfolgen, ich sehe Marion als Kind, wie sie beide Hände nach mir austreckt, so, als wolle sie mich um Hilfe anflehen. Luis Wunderlich im Bett von Babygirl, die höhnisch grinsend auf ihm reitet. Bis zum Morgengrauen wechsle ich zwischen Halbschlaf und Hellwachsein. Grübele darüber, was ich von dem Versuch, Marions Mörder zu finden, halten soll. Vielleicht lebe ich zurzeit ein schlechtes Manuskript, das ich als Buch nie akzeptiert hätte. Ich könnte mein Konto plündern, in die Karibik fliegen, mit Delfinen oder Gürteltieren spielen und all das hier vergessen.

Irgendwann döse ich weg und wache erst am späten Vormittag auf. Der Spiegel zeigt mir eine Frau mit geschwollenen Tränensäcken, wirren, glanzlosen Haaren und trübem Blick. Ich stolpere zurück ins Bett und ziehe die Decke über den Kopf.

Ein Unfall mit Fahrerflucht

Am Nachmittag fühle ich mich besser und mache ich mich an die Arbeit.

Ich rufe die Homepage des Klinikums auf und gehe auf die Seite der Röntgenabteilung. Der Chefarzt ist erst seit einem guten Jahr im Amt, einer seiner Vorgänger muss also der Arzt sein, der bei dem Unfall gestorben ist. Natürlich sind die Seiten inzwischen aktualisiert worden. Die Fluktuation in der Abteilung scheint ziemlich hoch zu sein.

Ich rufe im Klinikum an und lasse mich mit der Röntgenabteilung verbinden. Der Sekretärin des Chefarztes gegenüber gebe ich mich als Journalistin aus, nenne einen falschen Namen und behaupte, ich sei von der Geschäftsleitung des Klinikums mit einer Erfolgsstory in einem Ärzteblatt beauftragt worden. Ich lasse die Frau ein Loblied auf ihren Chef singen und komme dann zum Wesentlichen. »Ich habe gehört, dass sein Vorgänger plötzlich verstorben ist.«

»Ja, das hat uns alle schwer getroffen. Das ist jetzt ein paar Jahre her. Professor Dr. Meinicke hat abends das Haus verlassen. Auf dem Weg zum Mitarbeiterparkplatz ist er von einem Auto erfasst und getötet worden. Der Unfallfahrer hat sich feige aus dem Staub gemacht. Der Fall ist bis heute nicht geklärt.«

»Hatte Dr. Meinicke Familie?«

»Ja, seine Frau arbeitete ebenfalls hier, war aber in Mutterschutz«, seufzt die Frau. »Das war eine schwere Zeit für sie. Und für die Kollegen auch.«

»Kennen Sie Marion Ziegler?«, frage ich. »Sie hat zur Zeit von Dr. Meinicke in seiner Abteilung gearbeitet.«

»Ja, sie war seine Assistentin. Warum fragen Sie das?«

»Eine Kollegin in der Redaktion war mit ihr bekannt«, lüge ich. »Sie bat mich, nach ihr zu fragen.«

»Frau Ziegler arbeitet schon länger nicht mehr bei uns.« Ihre Stimme bekommt plötzlich einen sachlich-kühlen Ton.

»Und wo arbeitet sie jetzt?«, hake ich nach.

»Wenn Sie von der Presse sind, müssen Sie das doch mitbekommen haben«, sagt sie empört. »Alle Zeitungen waren voll davon! Frau Ziegler ist von ihrer eigenen Tochter erstochen worden!«

»Ich arbeite nicht bei der Tagespresse, sondern für eine hochklassige Fachzeitschrift«, greife ich auf meine Lüge zurück. »Kriminalfälle interessieren mich nicht so. Danke jedenfalls. Sie erhalten ein Belegexemplar vom Verlag.«

Dreier-Treff im Burger-Restaurant. *Wir grillen alles, was Spaß macht* – so steht es draußen geschrieben. Im Hintergrund plätschert elektronische Musik.

Julia, Luis und ich studieren die Speisekarte. Der Tag ist freundlich und wir können draußen sitzen. Ich fasse die Ergebnisse meiner Recherche zusammen.

»Meinst du wirklich, dass der Unfall des Arztes etwas mit dem Tod von Marion zu tun hat?«, fragt Julia. »Meinicke war doch schon lange vor Marion tot. Ist das nicht ein bisschen weit hergeholt? Wir sollten uns nicht verzetteln.«

»Wir müssen alle Möglichkeiten in Betracht ziehen«, widerspreche ich. »Marion hat eng mit ihm zusammengearbeitet. Vielleicht hatten die beiden eine Liaison.«

Luis meint: »Natürlich kann diese Recherche auch ins Nichts führen. Aber wir behalten das mal im Hinterkopf. Hatte Marion unter den Mietern keine Freunde? Irgendjemand, dem sie sich mit besoffenem Kopp anvertraut hat? Gab es irgendwelche Männer? Ist dir nichts aufgefallen, Julia?«

»Befreundet war ich mit ihr nicht. Dazu war sie zu wenig zugänglich«, antwortet Julia. »Ihre Situation war wirklich schwierig: ein autistisches Kind, der Alkohol und die Arbeitslosigkeit. Wenn ich sie grüßte, war sie oft unfreundlich oder hat mich übersehen. Manchmal war sie auch aggressiv. Sie hat sich zum Beispiel mit dem alten Herrn Brink gestritten und Babygirl hatte auch nichts zu lachen.«

»Hast du Zugang zu alten Polizeiakten?«, frage ich Luis.

»Ich habe natürlich meine Kontakte«, antwortet er. »Ich werde mir den Vorgang über die Fahrerflucht besorgen. Aber das dauert ein bisschen.«

»Ich kümmerte mich um Martinelli«, bietet Julia an. »Ich weiß von einer Bekannten, dass der Probst seinen Schäfchen einen Maulkorb zu dem Fall verpasst hat.«

»Bestimmt wieder Kindesmissbrauch«, vermutet der Hauptkommissar außer Diensten. »Die Popen, die anderen Moral und Sittlichkeit vorschreiben, sind ja die allerschlimmsten Sünder, wie wir inzwischen wissen. Vielleicht hat Martinelli sein Gewissen geplagt.«

Die Burger werden gebracht. Ich habe meinen Liebling bestellt, den *Körperklaus*, ein Monster mit viel Salat und verschiedenen Dips. Luis hat sich ein großes Steak nebst gerösteten Zwiebeln zwischen die beiden Hälften des Körnerbrötchens legen lassen, Julia belässt es bei einem Salat mit gebratener Hähnchenbrust.

»Wie sind denn deine Nächte in Julias Gästezimmer?«, frage ich Luis.

»Grauenhaft«, stöhnt er. »Zu viel Biergartenlärm, zu viel Bremsenquietschen und zu oft Martinshorn. Und wenn ich einschlafe, fängt dieser Geiger an zu fiedeln. Kann ich nicht bei dir unterkommen?«

Netter Versuch. »Luis! Da ist es doch auch nicht ruhiger. Es ist doch egal, ob der Geiger dir von unten oder von nebenan den Nerv raubt.«

»Wenn du ihn willst, gebe ich ihn dir«, lächelt Julia maliziös. »Er schnarcht nämlich so laut, dass die Wände wackeln.«

»Nee, lass mal, Männer stören nur. So einer kommt mir nicht in die Wohnung«, protestiere ich.

»Irgendwann krieg ich dich«, sagt er ernst.

»Darauf würde ich nicht wetten«, warne ich ihn.

Der Abend klingt friedlich aus. Nach einem kurzen Fußweg erreichen wir gegen Mitternacht das Haus am Graben. Hinter manchen Fenstern brennt noch Licht.

»Schaut mal«, sage ich und deute auf eine Wohnung in der dritten Etage. »Babygirl ist noch busy.«

»Das kann nicht sein«, murmelt Luis und starrt nach oben. »Da ist jemand in Martinellis Wohnung.«

Tatsächlich. Ein Lichtschein taumelt hinter der Scheibe und ich erkenne einen Schatten.

»Was machen wir jetzt?«, frage ich.

»Ihr beide bleibt unten.« Luis geht zum Lift und blockiert die Tür mit einem Kinderwagen, der im Flur steht.

»So, der Lift geht nicht mehr und ich laufe jetzt die Treppe bis in den dritten Stock zu Martinellis Wohnung«, teilt uns Luis mit. »Wenn der Unbekannte rauswill, muss er die Treppe nehmen und läuft mir direkt in die Arme.«

»Und wenn er sich nicht festnehmen lässt?«, gebe ich zu bedenken.

»Dann seht ihr ihn, wenn er nach draußen will. Fotografiert oder filmt ihn mit euren Handys. Aber versucht nicht, ihn zu stellen. Er könnte gefährlich sein.«

Luis stürmt die Treppe nach oben.

Julia und ich stellen uns vors Haus und beobachten das Fenster. Der oder die Unbekannte ist noch immer da. Mir ist bang zumute. Das Treppenhaus hat nachts nur Notlicht und steile Stufen. Wer da runterfällt oder gestoßen wird, könnte sich schwer verletzen.

»Das Licht in der Wohnung ist aus«, sagt Julia plötzlich und zeigt nach oben. Hinter der Scheibe ist es tatsächlich finster. Wir starren auf die Tür und behalten die kleinen Flurfenster im Auge. Die Treppenbeleuchtung wird nicht eingeschaltet. Wir gehen näher zur Tür, die Handys im Anschlag. Noch rührt sich nichts. Dann Geräusche. Jemand kommt die Treppe herunter, die Tür wird aufgerissen.

»Wo ist er?«, fragt Luis.

»Hier war niemand«, antworten wir.

»Verdammt!« Er schaut mich an. »Wo ist der Typ abgeblieben?«

»Vielleicht in irgendeiner Wohnung?«, fragt Julia.

»Jedenfalls ist er weg.« Luis ist frustriert. »Jetzt brauche ich einen Schnaps. Können wir zu dir gehen?«

»Ich hab nur Grappa da«, erkläre ich, »und Wein.«

»Passt!«

Luis macht den Fahrstuhl wieder bewegungsfähig und wir schweben nach oben in die dritte Etage. Martinellis Wohnungstür ist verschlossen und unbeschädigt, aber das Polizeisiegel ist aufgebrochen.

»Vielleicht ist noch jemand drin«, flüstere ich.

Luis streicht sich nachdenklich über den schwarzen Bart. »Das können wir nicht klären«, sagt er. »Oder möchtest du hier Wache halten, bis jemand rauskommt?«

»Jeder Mieter hat einen Schlüssel, der sowohl in die Haustür passt als auch zur jeweiligen Wohnungstür«, überlege ich. »Also muss der Einbrecher aus dem Haus kommen.«

»Nicht unbedingt«, erklärt Luis. »Es kann sich auch tagsüber jemand hier eingeschlichen und versteckt haben, bis es dunkel wurde.«

Wir laufen weiter hoch. Wir betreten meine Wohnung und Luis fragt: »Wo ist der Grappa?«

Ich hole Grappa und Wein aus dem Kühlschrank. Während

wir uns »ruhig« trinken, grübelt Luis über die Aktion und erweitert unsere Theorie. »Also – unten ist niemand raus. Ich laufe zu Fuß die Treppe rauf und wieder runter und niemand ist mir begegnet. Die Waschküche und der Hof mit den Mülltonnen scheiden deshalb als Fluchtweg aus. Wahrscheinlich ist der Täter in einer Nachbarwohnung verschwunden.«

»Er hätte aber auch nach ganz oben laufen können«, sage ich, »um sich auf dem Dachboden zu verstecken und zu warten, bis es im Haus wieder ruhig ist.«

»Sollten wir nicht die Polizei anrufen wegen des zerstörten Polizeisiegels?«, wirft Julia ein. »Dann erfahren wir vielleicht, was der Täter gesucht hat.«

»Ich erledige das«, verspricht Luis.

Magische Quadrate II

Am nächsten Tag berichtet die Polizei in ihrem Pressespiegel von den Vorgängen in Martinellis Wohnung:

> ***Polizeisiegel aufgebrochen***
> *In der vergangenen Nacht drang ein Unbekannter in die Wohnung eines verstorbenen Priesters im Kreuzviertel ein und verwüstete sie. Was der oder die Täter(in) gesucht haben, ist unbekannt. Die Ermittlungen wurden aufgenommen.*

Reporter Branco Waremme schmückt die karge Meldung aus:

> ***Einbruch im Horrorhaus am Graben: Wer verwüstete Wohnung des toten Priesters?***
> *Ein Bild des Schreckens bot sich der Polizei am heutigen Morgen bei einem Einsatz im Kreuzviertel. Dort ist in eine Wohnung eingebrochen worden, deren Mieter Monsignore M., ein katholischer Priester, vor kurzem Selbstmord begangen hat. Der oder die Täter haben offensichtlich etwas gesucht und sind dabei sehr »gründlich« gewesen: Bücherregale wurden umgestürzt, Polstermöbel aufgeschnitten, der Schreibtisch ausgeräumt. Sogar die Topfblumen wurden aus der Erde gerissen. Was der Einbrecher gesucht hat, ist unklar – auch, wie er oder sie überhaupt ins Haus gelangt ist, denn die Haustür des Horrorhauses ist ab zweiundzwanzig Uhr nur mit dem passenden Schlüssel*

zu öffnen. Unser Reporter hat mit einigen Bewohnern des Hauses gesprochen, doch niemand will etwas gesehen oder gehört haben. M. ist der zweite Tote innerhalb weniger Wochen in diesem Haus am Graben – nach dem Mord an Marion Z., die von ihrer eigenen Tochter erstochen wurde. Wird es noch weitere Opfer geben? Was stimmt nicht mit diesem Haus und seinen Bewohnern? Wir berichten weiter.

Ich schaue aus dem Fenster. Ein Bild, das ich schon kenne: TV-Übertragungswagen, Reporter mit Kameras, Fotoapparaten und Handys und jede Menge Neugierige. Natürlich auch Branco Waremme. Er sieht mich und sendet mir einen Luftkuss. So ein frecher Kerl.

Es klingelt: Luis. »Die Kollegen machen Pause. Kommst du?«

»Wohin?«, frage ich verdattert. »Ich bin nicht ausgehfähig.«

Er schaut an mir herab. Ich stecke in meiner ältesten Jogginghose und einem verwaschenen T-Shirt.

»Du siehst immer gut aus, Alix«, behauptet er. »Komm! Wir müssen nur eine Treppe runter.«

Ich folge ihm. Er stoppt vor Martinellis Tür, die halb geöffnet ist. Der Aufzug kommt und hält. Ein Mann steigt aus.

»Keine Panik«, flüstert Luis. »Das ist ein guter Kollege, der sagt nichts.«

Die beiden Männer begrüßen sich mit einem Handzeichen. Ich folge Luis in die Wohnung. Branco Waremme hat nicht übertrieben. Hier hat jemand schrecklich gewütet.

»Schau dir die Papiere auf dem Tisch an«, fordert Luis mich auf.

Ich nähere mich dem kleinen runden Tisch, stürze fast über ein zerbrochenes Holzkreuz. Meine Augen scannen den Tisch und bleiben an einem weißen Blatt Papier hängen. In schwarzer, ordentlicher Schrift hat jemand ein magisches Quadrat gemalt.

Luis' Kollege meldet sich. »Ihr müsst wieder raus!«

»Los!« Luis packt mich am Arm und schiebt mich vom Tisch weg. Ich zögere und greife nach meinem Handy. »Ich hab schon ein Foto davon gemacht«, beruhigt er mich.

Was haben diese magischen Quadrate mit den Todesfällen zu tun? Ich habe zuvor nie von ihnen gehört oder gelesen. Luis geht es auch so. Wir starren das Foto auf dem Handy an.

Ich fahre meinen PC hoch und google. Es erscheinen massenhaft Einträge. Generationen von mathematisch Interessierten haben sich mit solchen Quadraten herumgequält oder sich an ihnen erfreut. Je mehr Zahlen in einem Quadrat stehen, desto komplizierter wird es.

Ich male das Quadrat von dem Foto auf ein Stück Papier. Sechzehn kleine Quadrate in einem großen. In jedem der kleinen Quadrate steht eine Zahl. Die Summe der Zahlen in den senkrechten und waagerechten Reihen ergibt immer vierunddreißig. Auch die Summe der beiden mittleren Diagonalen ist jeweils vierunddreißig. Die Summe der vier Eckfelder und der vier Zentrumsfelder ist ebenfalls vierunddreißig. Selbst die Summe der vier einander gegenüberliegenden mittigen Randfelder lautet vierunddreißig.

»Nur ein Spielchen«, stellt Luis fest. »Da will uns jemand verwirren und so tun, als hätten Marions Tod und Martinellis Suizid etwas miteinander zu tun.

»Da waren zwei Leute am Werk«, sage ich. »Guck mal.«

Ein schrilles Martinshorn ertönt. Das Polizeipräsidium auf Luis' Handy. Er nimmt den Anruf an, hört aufmerksam zu, bleibt aber selbst wortkarg.

Nach dem Telefonat kann ich meine Neugierde nicht beherrschen. »Nun sag schon!«

»Ich weiß, was Martinelli angestellt hat und warum die Kirche ihn in die Wüste geschickt hat.«

»Kindesmissbrauch? Sodomie? Drogendelikt?«, rate ich.

»Nichts dergleichen.« Luis geht in der Wohnung auf und ab, kopfschüttelnd und sichtbar fassungslos. »Er war spielsüchtig, hat die Kirchenkasse geplündert und das Geld auf der Spielbank verzockt.«

Wow. »Von welcher Summe reden wir?«

»Rund einhunderttausend Euro. Aber es kommt noch schlimmer.«

Ich warte.

»Darüber hinaus hat sich Martinelli von seinen Schäfchen Geld geliehen. Alles zusammen rund fünfhunderttausend Euro. Und jetzt kommt es: Das Erzbistum Paderborn hat das Geld zur Begleichung seiner Schulden zur Verfügung gestellt, und zwar aus dem Sondervermögen, aus dem Opfer sexuellen Missbrauchs entschädigt werden.«

»Und was sagt der Erzbischof dazu?«

»Er hält die Hand segnend über seinen Bruder in Christo und beruft sich auf seine Fürsorgepflicht gegenüber Martinelli.«

»Pfui Teufel«, rufe ich, »dieses Kirchenpack schreckt vor nichts zurück!«

»Martinelli sollte das Geld persönlich an seine Gläubiger zurückgeben und sie um Verzeihung bitten«, macht Luis weiter. »Er hat wohl den Unterschied zwischen *Gläubiger* und *Gläubigen* nicht verstanden. Doch er hat nichts ausgezahlt, sondern das Geld genommen und irgendwo versteckt. Wo, das wissen nur er und der liebe Gott.«

»Dann ist ja klar, was der Einbrecher in der Wohnung gesucht hat«, nicke ich. »Könnte es sein, dass die Zahlen im magischen Quadrat ein Zugangscode für ein geheimes Konto sind? Oder sonst irgendein Hinweis auf das Geld?«

»Wenn er die Kohle versteckt hat, warum sollte er sich dann umbringen?«, fragt Luis. »Er hätte sich doch ein schönes Leben ohne dieses heilige Getue machen können. Sonne, Meer, Weiber und Schnaps. Ein echtes Himmelreich für einen Mann.«

Ich drehe die Augen nach oben.

Ein Nerd taucht auf

Dreier-Konferenz am Abend bei Julia Bergmann. Luis und Julia sitzen an einem kleinen Klapptisch vor dem Fenster, das zur Straße hinausgeht. Ein heimeliges Bild wie in den Gemälden des niederländischen Malers Jan Vermeer. Eine entspannte Alltagssituation, die den Augenblick einfriert, um die nächsten Jahrhunderte zu überdauern.

Die langsam untergehende Sonne vergoldet Julias Prinz-Eisenherz-Frisur in einen güldenen Helm. Sie sieht aus wie eine mittelalterliche Ritterfigur, die bereit ist, den Ungläubigen im Morgenland eins drüberzugeben. Es fehlen nur die Hellebarde und der Schild.

Luis dagegen wirkt wie ihr Knappe. Sein Oberkörper ist zusammengesunken, die langen Beine sind breit ausgestreckt und er pfeift sich ein Bier rein. Bestimmt nicht das erste an diesem Abend.

»Dieses dämliche Quadrat«, seufzt Julia. »Ich hab die Zahlen in unterschiedlichen Reihenfolgen abtelefoniert, was völlig danebenging. Die möglichen Variationen reichen bis zum jüngsten Gericht. So finden wir das geklaute Geld nie.«

»Wie sollen wir weitermachen?«, frage ich.

Niemand bekommt die Gelegenheit zu antworten, denn es klingelt. Julia geht zur Tür und kommt mit einem Männlein zurück. Noch jung, drei Haare auf dem Kopf, eine Brille mit Glasbausteinen, einen langen Hals mit ausgeprägtem Adamsapfel.

»Guten Abend, Leute«, lispelt er.

»Das ist Oskar Hansen«, klärt uns Julia auf. »Er wohnt in der zweiten Etage. Willst du ein Bier oder einen Wein, Oskar?«

»Nee, du Liebe, ich will nur die Rauchmelder austauschen«, erklärt er und blickt an die Decke. »Auftrag vom Hausbesitzer. Ach, da isser ja.« Er hat eine kleine Stufenleiter bei sich, die er mutig erklimmt.

»Entschuldigt, dass ich erst jetzt komme«, erklärt er. »Aber meine Karre hatte eine Panne. Vorderachse kaputt.« Er schraubt das Teil von der Decke ab. »Ich beeil mich auch.«

»Im Schlafzimmer und in der Küche sind auch welche«, sagt Julia, »die kannst du auch gleich mitnehmen, Oskar.«

»Aye, aye, Madam«, plärrt der Nerd und strahlt sie an. Die beiden mögen sich, denke ich.

»Ich dachte, dass man bei diesen Dingern nur die Batterien auswechseln muss«, mischt sich Luis leicht lallend ein.

»Sicher ist sicher«, entgegnet der Nerd. Sein Adamsapfel vollführt einen Tanz und Speichel schimmert in den Mundwinkeln. Ein echter Hingucker.

»Lass dir Zeit«, sagt Julia. Ihre Stimme klingt fast liebevoll.

»Der Typ ist seltsam«, sage ich, nachdem Oskar Hansen mit einer Tüte voller alter Rauchmelder verschwunden ist. »Was weißt du über ihn, Julia?«

»Er studiert an der Uni Informatik«, erklärt sie. »Der Hausbesitzer gibt ihm ab und zu ein paar Kröten für Arbeiten im Haus. Mülleimer rausstellen, Lift putzen oder Rauchmelder warten. Er hat die Dinger auch installiert, sie sind ja gesetzlich vorgeschrieben.«

»Und privat? Hat er Freunde im Haus?«

Sie überlegt. »Manchmal sitzt er mit dem Bandido auf der Bank vor dem Haus und unterhält sich mit ihm. Oft haben sie Bierflaschen dabei. Ich halte Oskar für völlig harmlos.«

»Du magst ihn irgendwie, oder?«

»Ja, stimmt. Er ist hochintelligent, aber völlig lebensuntüchtig. Das tut mir leid.«

»Hast du eigentlich einen Mann oder einen Lebenspartner?« Mir fällt auf, dass ich so gut wie nichts Privates über Julia weiß.

Sie schüttelt den Kopf. »Nein, es hat sich nicht ergeben. Ich habe mich schon lange damit abgefunden.«

»Ich hab auch keinen«, tröste ich sie. »Man weiß ja schließlich gar nicht, was man sich ins Haus holt. Irgendwann sitzt dann *so einer* in deiner Wohnung und besäuft sich.« Ich deute auf Luis.

Der springt auf und blafft mich an: »Du bist eine verdammt zynische Zicke!«

Zornig packt er mich am T-Shirt und zieht mich zu sich hin, will mich küssen. Ich versetze ihm einen kräftigen Stoß in die Magengegend. Er flucht, lässt mich los, hält sich den Bauch und rennt ins Bad. Dort übergibt er sich.

Julia und ich sehen uns erstaunt an.

»Hoffentlich macht er den Dreck weg«, sagt Julia.

Ich entgegne: »Das hast du davon, wenn du Männervolk in deinem Gästezimmer schlafen lässt.«

Luis taucht an dem Abend nicht mehr auf. Ich nehme mir vor, mich bei ihm zu entschuldigen. Nicht gleich, aber irgendwann. Schon oft wurde mir gesagt, dass sich mein Zynismus hart an der Grenze zur Beleidigung bewegt.

Luis ist empfindlicher, als ich gedacht habe. Seine Suspendierung und der damit verbundene Karriereknick machen ihm wahrscheinlich zu schaffen. Sollte ich ihm ein paar romantische Stunden bei Babygirl spendieren? Ich nehme mir ganz fest vor, ihm dieses zweifelhafte Geschenk nicht anzubieten, muss aber dennoch in mich hineingrinsen.

Zurückholen in die Realität

Bei meinem nächsten Besuch bei Lilli überraschen mich die Ärzte damit, dass ich mit ihr eine halbe Stunde ohne ärztliche Begleitung im Garten der Klinik verbringen darf.

»Macht Lilli Fortschritte?«

»Ich denke ja«, antwortet der Kinderpsychiater. »Sie nimmt jede Anregung und jedes Spiel entspannt auf, ihre Mimik, die vor ein paar Wochen noch wie eingefroren war, hat sich zum Besseren gewandelt.«

»Kann sie wieder sprechen?«

»Könnte sie. Aber sie will nicht. Das kommt schon noch. Sie ist immer noch traumatisiert.«

Lilli lächelt, als sie mich sieht.

»Hallo, Lilli«, sage ich, »weißt du noch, wer ich bin?«

Das Mädchen zieht ein Tablet aus dem Täschchen und tippt: *Tante Alix.*

»Oh, du hast mich nicht vergessen«, freue ich mich und streichle ihr blondes Haar.

»Viel Spaß beim Spazierengehen«, wünscht uns Dr. Rosenblatt.

Der Garten ist sehr gepflegt und ein Farbenmeer. Päonien mit riesengroßen Blüten in Weiß und Rosa, violette Schwertlilien und japanische Azaleen in Pink und Weiß. Der Weg führt über eine Wiese, auf der die Gräser und Halme wild durcheinanderwachsen. Löwenzahn und Vergissmeinnicht setzen bunte Punkte ins Grün. Überall summt und flattert es.

Lilli kann sich nicht sattsehen. Als sich ein Schmetterling auf ihre Schulter setzt, jauchzt sie. Sie betrachtet ihn aufmerksam, berührt vorsichtig seine Flügel und schaut ihm versonnen nach, als er davonfliegt.

Wir lassen uns auf einer Bank nieder. »Wie geht es dir, Lilli?« Eine bessere Frage fällt mir nicht ein. Sie schaut an mir vorbei in den Himmel. Er ist strahlend blau mit nur wenigen Schleierwolken.

Ich ziehe ein Foto aus der Tasche. Es zeigt Marion im Alter von ungefähr fünfunddreißig Jahren vor einer alten Kirche. Das Bild hat in einem Karton in Marions Kleiderschrank gelegen. Ich schiebe es zu Lilli hin. Sie starrt es an, springt auf und rennt weg.

Mit Hilfe des Klinikpersonals wird Lilli schnell gefunden. Sie hat sich unter einem großen Fliederbusch verkrochen. Ich behaupte, nicht zu wissen, was ihre Flucht ausgelöst hat. Das Foto habe ich wieder eingesteckt. Es war ein schrecklicher Fehler, das Kind mit dem Foto seiner toten Mutter zu konfrontieren.

Dr. Rosenblatt will mich noch einmal sprechen.

Man habe bei Lilli eine sogenannte dissoziative Störung diagnostiziert. Wieder so ein Begriff, mit dem ich nichts anfangen kann. Er bemerkt meine Ratlosigkeit.

»Die dissoziative Störung ist der Oberbegriff für bestimmte psychische Krankheitsbilder«, erklärt er. »Die Patienten reagieren auf belastende Erlebnisse mit der Abspaltung von Erinnerungen oder sogar ganzen Persönlichkeitsanteilen. So werden unerträgliche Erfahrungen ausgeblendet.«

»Was sind denn die Symptome?«, frage ich.

»Gedächtnislücken sind sehr häufig«, sagt der Psychiater. »Bei dissoziativen Identitätsstörungen spaltet sich das Ich in verschiedene Persönlichkeiten.«

»Also leidet Lilli nicht nur an Asperger, sondern hat auch diese dissoziative Störung«, sage ich. »Wie wird so was behandelt und ist es heilbar?«

»Der Prozess dauert sehr lange und es gibt nicht wirklich ein Rezept«, antwortet der Mediziner. »Wir versuchen gegenzusteuern. Fällt der Patient dennoch in einen dissoziativen Zustand, müssen wir ihn wieder in die Realität zurückholen. Hilfreich sind dabei Atem- und Gedankenübungen, laute Musik oder Erinnerungen an das Trauma. Oft helfen starke Gerüche, laute Musik oder das Zeigen von Gegenständen, die mit dem Grund für die Störung zu tun haben. Bei Kindern gibt es leider wenig Erfahrungswerte mit der Behandlung.«

Freundschaft unterirdisch

Die nächsten Tage verkrieche ich mich in meiner Wohnung. Ich muss mich endlich um einen neuen Job kümmern. Julia fragt natürlich, was los ist, und ich heule mich bei ihr aus.

»Lass den Kopf nicht hängen«, rät sie mir. »Das wird schon. Der Kaffee läuft gerade durch. Magst du hochkommen?«

Ich zögere. Die Chance, Luis zu begegnen, ist groß und ich habe gerade keine Lust auf Stress.

»Luis ist mit einem Kollegen unterwegs«, sagt sie. »Falls es das ist, was dich stört.«

»Kannst du Gedanken lesen?«

»Meistens.«

Zehn Minuten später sitze ich in einem Ohrensessel mit herausziehbarem Fußteil. Ich mache es mir bequem und strecke die Beine aus. Im Hintergrund perlt leise Musik. Ich erkenne Ella Fitzgerald, Louis Armstrong und Elvis Presley.

»Kann ich dir irgendwie helfen?«, fragt Julia.

»Ich brauche einen Job, der mir jeden Monat ein Gehalt einbringt.«

»Ich dachte, dein Hauptproblem heißt Luis.«

»Das auch«, gebe ich zu.

»Du magst ihn doch, oder?«

Ich zucke mit den Schultern. »Er nervt mich. Er ist unsensibel und launisch. Sein Frauenbild ist unterirdisch.«

»Wie ist denn sein Frauenbild?«

»Jetzt nervst du, liebe Julia«, meckere ich.

»Ich möchte gern, dass du glücklich bist.«

»Schön. Dann besorg mir einen Job.«

»Alix!« Sie seufzt. »Du bist genauso störrisch wie Luis.«

Im Hintergrund läuft der Song *When a man loves a woman*.

Bevor ich sie der vorsätzlichen Song-Auswahl beschuldigen kann, klingelt es.

Julia geht zur Tür und kehrt mit Babygirl im Schlepptau zurück. Ausgerechnet.

»Ihr kennt euch ja«, sagt Julia. »Irina, setz dich. Kaffee?«

»Ich geh dann mal«, sage ich und verlasse den Sessel.

»Du bleibst!«, befiehlt Julia.

Ich bin verblüfft – so einen Ton hat sie mir gegenüber noch nie angeschlagen.

»Irina ist ein lieber Mensch. Oder hast du Vorurteile wegen ihres Jobs?«

Mein Widerstand bricht. Jeder Mensch muss irgendwie durchkommen in dieser verrückten Welt. Auch Babygirl. Sie ist normal gekleidet, ungeschminkt und sieht zehn Jahre jünger aus als in ihrem Berufsoutfit. Lediglich das kleine Tattoo im Nacken und die aufgeklebten, krallenartigen Fingernägel verderben den Eindruck.

»Was ist passiert, Irina?«, fragt Julia.

»Ärger mit Opa«, antwortet sie. »Nicht mein Opa, es ist Opa im Haus.«

»Erzähl!«, fordert Julia.

»Ich stelle meine Schuh vor Tür. Damit Wohnung sauber bleibt. Ist erlaubt, oder?«

»Nicht wirklich«, antwortet Julia. »In den Hausfluren darf nichts Brennbares stehen. So ist das Gesetz.«

»Machen doch alle im Haus«, entgegnet Irina. »Aber Opa kommt und klaut Schuh.« Irina zieht einen feuerroten Stiletto aus der Tasche. »Hat dreihundert Euro gekostet. Jetzt nur noch einer da. Brauch aber zwei Schuh.«

Der Wahrheitsbeweis folgt: Sie zieht ihre Füße aus zwei Schlappen und schüttelt die Füße. Der Nagellack glitzert.

»Hast du Brink beim Klauen erwischt?«

»Ja, er hatte Tüte dabei mit mein rot Schuh«, antwortet Irina. »Ich rausgeholt und Opa war traurig.«

In welches Irrenhaus bin ich hier geraten? Ein Kind, das seine Mutter ersticht, ein Geistlicher, der hohe Geldsummen veruntreut, und ein Opa, der Frauenschuhe klaut.

Ich sollte Bücher schreiben. Aber der Plot würde von niemandem akzeptiert. Schon gar nicht von mir.

»Stell deine Schuhe einfach in die Wohnung, Irina. Dann hast du das Problem nicht mehr«, rät Julia.

Noch eine halbe Stunde Small Talk über Dinge, die niemanden interessieren. Der berühmte Sack Reis in China platzt in einer Endlosschleife. Es ist so anstrengend, dass ich eine kurze Auszeit im Bad nehmen muss. Der Weg dorthin führt durchs Schlafzimmer.

Halbdunkle Atmosphäre, großblumiges Bettzeug und ein Bücherbord mit Fotos – weite Landschaften, grüne Weiden, blaues Meer – wie in Filmen nach Romanen von Rosamunde Pilcher. Ich drücke den Lichtschalter und mein Blick fällt auf ein gerahmtes Foto, das mir bis dahin noch nicht aufgefallen ist. Es zeigt einen Mann Ende fünfzig. Ein Gesicht wie Sean Connery in *Der Name der Rose*. Ein schwarzes Seidenband liegt über einer Ecke des Rahmens. Also hat es im Leben von Julia Bergmann doch mindestens einen Mann gegeben, der vermutlich nicht mehr lebt. Ob sie mir irgendwann von ihm erzählen wird?

Ich verschwinde im Bad, drücke die Toilettenspülung und wasche mir die Hände.

»Bleib doch noch«, bittet Julia.

Ich höre, wie die Wohnungstür aufgeschlossen wird. Luis Wunderlich erscheint. Er ist sichtlich irritiert, uns in trauter Dreisamkeit zu sehen. Babygirl ändert ihre Haltung von locker in Busen-raus-Bauch-rein. Berufskrankheit? Ich schäme mich zwei Sekunden lang für meine Vorurteile.

»Ich muss los«, behaupte ich. »Euch noch einen schönen Tag.«

»Kann ich dich sprechen?«, fragt Luis.

Ich überhöre die Frage und ziehe die Tür hinter mir zu.

Ich fahre zu den Briefkästen ins Erdgeschoss. Reklame, Briefe von der Stadtverwaltung, der Agentur für Arbeit und ein Katalog mit Urlaubsangeboten, den ich gleich im Müllraum in die Papiertonne werfe. Kann ich mir sowieso nicht leisten.

Ich fahre wieder nach oben. Luis wartet vor meiner Wohnungstür. Ich seufze innerlich. Der heutige Tag ist nicht mein Freund.

Ich lasse Luis in meine Wohnung, er folgt mir mit Abstand. Am Ende des Flures drehe ich mich um. »Was willst du?«

»Dich sehen und besprechen, wie es weitergeht. Ich bin guter Hoffnung, dass meine Suspendierung bald aufgehoben wird. Auch wenn das Disziplinarverfahren weiterläuft.«

»Wirst du dann noch Gelegenheit haben, mit uns zu ermitteln?«, frage ich.

»Die Zeit nehme ich mir«, entgegnet Luis. »Ich komme legal an alle Infos ran und habe gesetzlich verbriefte Rechte. Das werde ich ausnutzen – zugunsten unserer Recherchen. Zurzeit sind wir allerdings in einer Sackgasse.«

»Das ist wohl wahr. Ich war übrigens bei Lilli und durfte mit ihr im Garten spazieren gehen«, berichte ich. »Die Ärzte behandeln sie jetzt wegen einer dissoziativen Störung.«

»Ich will mich bei dir entschuldigen.« Seine Stimme ist rau. »Du weißt schon, was ich meine.«

»Ja, der missglückte Kuss.«

»Und?«

»Was?«

»Warum sagst du nichts?«

»Mach nicht so ein Drama draus«, bitte ich. »Du warst blau und ich hatte schlechte Laune. Schwamm drüber.«

»Ich werde nie mehr versuchen, dich ohne deine ausdrückliche Genehmigung zu küssen.«

»Guter Plan!«, lobe ich.

»Ich bin auch bereit, einen schriftlichen Antrag zu stellen.«

»Braver Junge!«

Wir lachen. Ich habe selten einen Menschen erlebt, dem das Lachen so gut zu Gesicht steht. Seine Augen blitzen, die Wimpern erscheinen länger, die Grübchen in den Wangen werden tiefer. Er gefällt mir, aber … Ich denke nicht weiter.

»Dann sind wir wieder Freunde?«, fragt er mit Hundeblick.

Ich gehe auf ihn zu, umarme ihn schwesterlich und schicke ihn zurück zu Julia. Ich horche an der Tür – ja, er geht nach oben und nicht nach unten zu Babygirl. Warum mich das interessiert? Das frage ich mich lieber nicht.

Nur ein Violinkonzert

Simon Bellini verschönt mir den restlichen Tag mit seiner Musik. Sie schleicht sich in meine Seele und lässt alles Dunkle und Böse der letzten Wochen verschwinden.

Ich klingele bei ihm und frage ihn, ob ich seiner Musik ohne Wand und Tür lauschen darf. Er lässt mich hinein. Die Wohnung ist karg eingerichtet, nur wenige Möbel, Bücher liegen in Kisten, als seien sie gerade geliefert oder aussortiert worden. Mehrere Streichinstrumente lehnen an der Wand.

»Setzen Sie sich doch«, bittet er und räumt ein paar Partituren vom Sessel. »Beethoven, ich übe gerade Beethoven. Violinkonzert.«

»Welches?«, frage ich.

»Das eine«, lächelt er. »Er hat nur das eine geschrieben.«

»Jetzt hab ich mich aber blamiert.«

Er lacht. Seine schwarzen Locken sind zu einem Dutt gebunden, der keck vom Kopf absteht. Er hat kräftige Arme und trägt ein eng anliegendes T-Shirt. Keine Spur von Bauch.

»Üben Sie Beethoven privat oder üben Sie für ein Konzert?«

»Das ist meine erste Chance als Solist.«

»Im hiesigen Konzerthaus?«

»Ja, unter Leitung unseres Generalmusikdirektors. Die Uraufführung des Konzerts war 1806 und viele der damaligen Kritiker haben das Werk zerrissen. Und heute gilt es als eines der schönsten Violinkonzerte der Welt.« Bellini setzt die Violine an und spielt.

Schon nach wenigen Sekunden versinke ich in herb-süßen, seelenvollen Tönen – zum Heulen schön.

»Das war die Solo-Partie aus dem zweiten Satz, dem Larghetto«, erklärt Bellini. »Gefällt sie Ihnen?«

»Das muss jedem gefallen, der ein bisschen Empathie hat.«

»Ich lade Sie zu der Premiere ein«, verspricht er. »Mein Mann ist übrigens auch da. Er ist auch Musiker.«

Sein Mann? Alles klar. Warum nur sind so viele gut aussehende und kulturell gebildete Männer schwul?

»Ich komme sehr gerne«, lächele ich.

»Sie wirken so traurig«, sagt er ernst. »Geht es Ihnen nicht gut?«

»Meine Schwester ist von ihrer eigenen Tochter erstochen worden – das glaubt zumindest die Polizei.«

»Lilli. Die kleine Lilli«, nickt er. »Eine schlimme Sache.«

»Sie hat es nicht getan, auch wenn alle Spuren dagegensprechen«, sage ich.

»Ich traue ihr das auch nicht zu. So ein zartes, kleines Mädchen.«

»Die Polizei hat den Fall zu den Akten gelegt. Es gibt am Tatort und an der Tatwaffe nur Spuren von Lilli und Frau Bergmann.«

Er ist irritiert.

»Frau Bergmann hat das Messer angefasst, als sie meine Schwester gefunden hat«, erkläre ich. »Eine panische Reaktion, die verständlich ist.«

»Ihre Schwester hat Frau Bergmann gehasst«, behauptet Bellini.

»Wie kommen Sie darauf?«

Er zögert. »Ich kannte Ihre Schwester ja nur flüchtig. Sie war oft …« Er stoppt.

»… betrunken?«, ergänze ich.

Er nickt.

»Und wieso soll meine Schwester Julia Bergmann gehasst haben?«, hake ich nach.

»Mmh ... Ich hab da mal einen Streit mitbekommen«, druckst er herum. »Das ist schon ein paar Wochen her. Ich wollte in die Waschküche im Keller. Die beiden waren auch da, bemerkten mich aber nicht. Sie keiften sich gegenseitig an. Es ging um Lilli. Frau Ziegler schrie, dass Lilli kein Spielball für die Bergmann sei, und Frau Bergmann schrie, dass das Kind ohne eine ständig besoffene Mutter besser dran wäre, und drohte damit, das Jugendamt zu informieren. Ihre Schwester ist vollkommen ausgerastet und hat sich auf Frau Bergmann gestürzt. Ich bin dann dazwischen und hab beide getrennt. Ihre Schwester hat mich als dämliche Schwuchtel bezeichnet.«

»Tut mir leid«, sage ich.

»Muss es nicht«, entgegnet er. »Ich bin Schlimmeres gewohnt.«

Antonio Banderas zieht ein

Oskar, der Nerd, taucht am nächsten Tag bei mir auf, um die Rauchmelder zu warten. Ich sei die Einzige unter den Mietern des Hauses, bei der er noch nicht gewesen sei.

»Dann machen Sie mal«, sage ich.

Er nickt und stellt seine Leiter auf. Dabei schaut er sich auffallend intensiv in der Wohnung um.

»Ist was?«, frage ich.

»Hier sieht es ganz anders aus als früher«, sagt er. Er schlürft beim Sprechen – besonders bei den Lauten s, ch und sch. Ein typischer »Wasserzahn«.

»Und? Gefällt es Ihnen?«

»Schön.«

Er schraubt den Rauchmelder von der Decke, das Ding fällt zu Boden und zerspringt in mehrere Stücke.

»Tut mir leid.«

»Kein Problem.« Ich hole einen Besen und fege alles zusammen. Dabei fällt mir ein schwarzer Plastikwürfel mit einer Linse auf. Eine Kamera? Das Teil verschwindet in meiner Hosentasche.

Ich reiche Oskar die Schaufel und er räumt den Plastikschrott in einen Eimer.

»Im Schlafzimmer ist auch noch einer«, sage ich.

Er macht brav seine Arbeit, befestigt die neuen Teile und verabschiedet sich.

Doch so schnell kommt er mir nicht davon. »Haben Sie die

Rauchmelder in der Wohnung von Monsignore Martinelli auch abgebaut?«, frage ich.

»Nein, ich war zu spät. Die Polizei hatte die Wohnung schon versiegelt. Aber der Hausbesitzer lässt sie jetzt eh ausräumen und renovieren, weil er sie weitervermieten will. Da kann er die Rauchmelder selbst entsorgen.«

Immerhin hat Oskar vier Sätze auf einmal hingekriegt. So richtig locker ist unser Gespräch aber nicht.

»Haben Sie meine Schwester und Lilli näher gekannt?«

»Eher flüchtig. Ich habe Marion bei Computerproblemen geholfen. Lilli war eher zurückhaltend. Wohin hat man das Mädchen gebracht?«

»Erst mal in ein Krankenhaus. Wie es danach weitergeht, wird sich zeigen. Erst muss die Behandlung abgeschlossen sein.«

»Und Antonio Banderas?«

»Ich verstehe nicht.«

»Lillis Papagei. Er ist sehr sprachbegabt. Ein lustiges Tierchen«, schwärmt Oskar. »Quatscht wie ein nerviger Talkmaster.«

Der Papagei! Den habe ich völlig vergessen. Ich erinnere den Satz von Luis am Tag des Leichenfundes: »Den haben wir im Zoo abgegeben.«

»Ich hole Antonio Banderas bald nach Hause«, kündige ich an. »Ganz bestimmt!«

Ich mache mich umgehend an die Umsiedlung, telefoniere mit dem Zoo und bekomme einen Termin. Der Käfig steht noch im Keller, ich räume ihn aus, mache ihn sauber und schleppe ihn die Treppe hoch, um ihn ins Auto zu packen.

Im Erdgeschoss kommt mir Julia mit prallen Mülltüten entgegen. Um ihren Kopf ist ein Frotteetuch geschlungen.

»Hallo«, begrüßt sie mich lächelnd. »Entsorgst du das Vogelheim?«

»Nein, ich hole Antonio Banderas nach Hause zurück. Die Polizei hat ihn im Zoo geparkt.«

»Du willst dir diesen Papagei antun?« Julia scheint entsetzt. »Der macht den ganzen Tag Lärm, scheißt alles voll und bringt dich zur Weißglut.«

»Ach was! Vielleicht kann er zur Aufklärung des Mordes beitragen. Er war im selben Zimmer, in dem Marion erstochen wurde. Wenn der Vogel Zeuge war, könnte er sich an was erinnern. Irgendwelche Worte.«

»Ein Papagei als Belastungszeuge in einem Mordprozess? Du machst Witze!«

»Ein Versuch kann nicht schaden«, sage ich. »Außerdem tut mir das arme Tierchen leid. Er ist Menschen gewohnt. Und – auch, wenn es nichts bringt: Lilli wird sich bestimmt freuen, wenn er nach Hause kommt.«

Die Zoomitarbeiter haben den Papagei schon von den anderen Vögeln getrennt, als ich im Tierpark auftauche. Ich trete an den Käfig und schaue Antonio an. Er mustert mich misstrauisch.

»Er gehört zu den Gelbwangenamazonen«, informiert mich der Tierpfleger. »Toni ist ein ganz Lieber. Er schmust gerne, plappert den ganzen Tag und am liebsten futtert er Gummibärchen und Rosinen. Mit seinen Artgenossen hat er allerdings noch Probleme, weil er bisher nur Menschen kennengelernt hat.«

»Du hast die Haare schön.« Das ist Toni.

»Danke, Toni«, bedanke ich mich brav. »Ich bin hier, um dich abzuholen.«

Er flattert, schreit wie ein Folteropfer in einem Horrorfilm, um danach so unheimlich zu lachen, dass sich mir die Nackenhaare sträuben. Dabei tritt er von einem Fuß auf den anderen.

»Toni ist lieb, Toni, komm mal her zu Mama. Na komm, na komm«, schreit er.

Der Papagei rüttelt sein Gefieder, eine kleine Staubwolke verteilt sich. Der Tierpfleger öffnet die Tür des Käfigs und greift nach Toni. Der flattert, schreit und hackt nach dem Mann.

»Hast du Wein? Hast du Schnaps? Tralala«, trötet er vorwurfsvoll.

Ich pruste los. Mein Leben ist die reinste Schmierenkomödie. Aber immerhin kann ich demnächst behaupten, dass ich mit Antonio Banderas zusammenlebe.

Der Pfleger erwischt ihn und stopft ihn in den von mir mitgebrachten Käfig. Toni stößt wieder den schrecklichen Schrei aus, als würde ihm jede bunte Feder einzeln ausgerissen. Endlich gibt er Ruhe.

»Viel Spaß mit ihm«, grinst der Zoo-Mitarbeiter. Er reicht mir eine Papiertüte mit Futter. »Das reicht fürs Erste. Er hat uns viel Spaß gemacht. *Hasta la vista*, Antonio Banderas.« Er schlägt die Hacken zusammen und grüßt militärisch.

»Feierabend!«, kreischt Toni.

Ich schleppe den Käfig in den Aufzug und drücke auf die Taste für die vierte Etage. In der dritten halten wir. Die Tür öffnet sich. Babygirl. Sie sieht erst mich, dann wandern ihre Augen zu Toni. Sie geht in die Knie. »Mein Schätzchen«, flötet sie. Tränen laufen über ihr Gesicht.

»Kennen Sie Toni?«, frage ich.

Sie erhebt sich. »War mein Vogel. Ich Lilli geschenkt.«

»Warum haben Sie ihn abgegeben?«

Babygirl sucht nach Worten. »Toni zu laut, wenn Kunden kommen. Pfeift dummes Lied, wenn er Mann nicht mag.«

Sie summt das Motiv einer Filmmusik, die mir sehr gut bekannt ist: das Thema von *Spiel mir das Lied vom Tod*.

Ich stelle mir die Szene vor und lache los. Ein erwartungsvoller Freier betritt Babygirls Boudoir, nestelt an seinem Gürtel, öffnet ihn und wird von lauten Tönen attackiert, die einem den Schauder in jedes Körperteil treiben.

»Ist nicht lustig«, reagiert sie wütend. »Warum Toni hier?«

»Toni war im Zoo«, erkläre ich. »Ich hab ihn zurückgeholt. Er kann bei mir bleiben, ich kümmere mich um ihn.«

»Hast du schon bezahlt?«, mischt sich der Vogel ein.

Noch so ein Spruch. Ich muss wieder grinsen. Wenn er diese Frage auch Babygirls Kunden gestellt hat, dürfte die Begeisterung groß gewesen sein.

Ich schaffe Toni in die Wohnung, fülle das Wassertöpfchen auf und streue Futter in den Napf. Toni grummelt, quakt noch ein bisschen vor sich hin, bleibt aber entspannt. Er lässt sich sogar das Köpfchen streicheln.

Am Abend will ich den Käfig mit einem Betttuch abdecken. Toni hat gut gefuttert. Ich hebe das Tuch an und stecke ihm noch ein Apfelstück durch die Gitterstäbe. Er greift mit seinen faltigen Krallen danach.

»Ich bin Alix«, stelle ich mich vor.

»Schau mir in die Augen, Kleines.«

»Du bist sehr charmant, Toni.«

»Yippie-yi-yay, Schweinebacke!«

»*Buenas noches*, Toni.«

Wertstoff aus der Tonne

Der kleine Kamerawürfel mit der Linse, den ich vor dem Müll gerettet habe, liegt auf meinem Schreibtisch. Dass es sich um eine spionierende Mini-Kamera handelt, weiß ich dank einer Kurzrecherche im Internet.

Da muss einer ran, der sich auskennt. Luis? Und wenn er selbst das Ding nicht einordnen kann: Bei der Polizei gibt es Experten, die sich auf Computerkriminalität spezialisiert haben. Ich wähle Luis' Handynummer und lade ihn zu mir ein. Er will wissen, um was es geht, doch ich vertröste ihn.

Luis ist zunächst sprachlos, fummelt an dem Ding herum, hat aber auch wenig Ideen. »Warum spioniert jemand deine Schwester aus?«

»Das kriegen wir wohl erst raus, wenn wir die Aufnahmen kennen«, sage ich. »Vielleicht ist ja sogar der Mörder darauf zu sehen, wie er meine Schwester tötet.«

»Oder Lilli, wie sie ihre Mutter ersticht«, sagt Luis. »Manche Täter ergötzen sich an solchen Bildern und sehen sie sich gern an.«

»Deshalb müssen wir den Film vor deinen Kollegen finden, verstehst du?«, frage ich. »Und wenn Lilli tatsächlich zu sehen ist, wie sie Marion tötet, vernichten wir den Film.«

»Das entscheiden wir, wenn es so weit ist«, wehrt er ab. »Beweismaterial zu unterschlagen geht natürlich nicht. Wir sollten mit Julia darüber sprechen. Sie lebt am längsten in diesem Haus und hat vielleicht einen Verdacht.«

»Nein! Julia braucht von der Kamera nichts zu wissen«, stelle ich klar.

Luis ist verwirrt. »Wieso? Vertraust du ihr nicht mehr?«

»Ich hab so ein Gefühl, dass wir erst mal stillhalten sollten«, antworte ich.

»Ob noch weitere Wohnungen verwanzt sind?«, fragt Luis nachdenklich. »Wo hat der Nerd die alten Rauchmelder entsorgt?«

»Die Dinger können kostenlos in einem Wertstoffhof abgegeben werden«, sage ich. »Vielleicht hat er sie im Mülltonnenraum im Erdgeschoss zwischengelagert.«

»Hast du einen Eimer oder eine Tüte?«

Ich krame eine Einkaufstasche raus.

»Dann komm!«

Wir fahren nach unten. Drei gelbe Tonnen stehen an der Wand. »Du stehst Schmiere!«, befiehlt er.

Im Augenwinkel beobachte ich, wie er den Deckel einer gelben Tonne öffnet und hineingreift. Nach einer Weile hat Luis etwas gefunden, füllt die Einkaufstasche. Er winkt mir zu. Ich spitze die Ohren. Es ist still im Treppenhaus.

Weiberkram und Goldgefummel

Wieder in meiner Wohnung kehren Erinnerungen zurück.

Als Kind wollte ich meiner Mama immer gefallen. Das war sehr anstrengend. Irgendwann gab ich wegen Erfolglosigkeit auf.

Mutter war schön, hatte einen herzlichen Gesichtsausdruck, der so ganz anders war als ihr Charakter. Immer wenn ich aus der Schule zurückkam, habe ich ihr an den Augen angesehen, ob der Rest des Tages für mich erfreulich sein würde. Oft war er es nicht.

Marion war zehn Jahre älter als ich und sah Mama sehr ähnlich. Eine zierliche, elegante Figur mit geschmeidigen Bewegungen. Dagegen bin ich ein Trampel. Ich mag praktische Kleidung ohne Schnickschnack und auf den dummen Weiberkram wie Rüschen, Volants, Verzierungen und Goldgefummel verzichte ich.

Ich mochte die Farbe Schwarz und Mama verhöhnte mich deswegen. »Du siehst aus, als willst du ins Kloster gehen«, sagte sie.

Die Männer in ihrem Leben kamen und gingen. Wenn sie da waren, machte ich die Tür zu meinem Zimmer zu und verließ es erst, wenn die Typen gegangen waren. Ich schloss mich ein, seitdem einer der Kerle nachts – angeblich aus Versehen – in meinem Zimmer aufgetaucht war und sich in mein Bett gelegt hatte. Ich schrie wie am Spieß. Mama verprügelte ihn und er kam nie wieder.

Papa hatte seine eigenen Amüsements. Aber die traf er in

Stundenhotels oder Puffs. Wenn er kaputt nach Hause kam, klagte er über die viele Arbeit im Job und schimpfte auf seine Kollegen. Dann betrank er sich und verschwand wieder.

Den Abend verbringe ich allein mit einem Film über die Tierwelt in Madagaskar. Toni versucht, die heiseren Schreie der Halbaffen zu imitieren. Das nervt. Ich wechsele das Programm und gerate in eine Folge der US-Serie *Killernachbarn*. Das nervt noch mehr. Erst im Bett finde ich meine Ruhe.

Ein schönes Ritual?

Julia lädt mich zu einer Tasse Kaffee ein. Eine gute Gelegenheit, weitere Fragen zu stellen. Auf dem Couchtisch liegen Fotos. Sie ist meinem Blick gefolgt und räumt alles schnell zusammen.

»Schwelgst du in Erinnerungen?«, lächele ich.

»Ja, das kommt mit dem Alter«, seufzt sie und trägt den Fotostapel weg. »Das wird dir irgendwann auch so gehen.«

»Leider werde ich dann nicht so viele Fotos anschauen können«, entgegne ich.

»Warte mal ab«, tröstet sie mich. »Du bist noch jung.«

»So fühle ich mich leider nicht.«

»Es kommen wieder bessere Zeiten.« Sie holt die Kaffeebecher und die Milch. Genug Geplänkel.

»Du hattest mal einen furchtbaren Streit mit Marion im Müllraum. Ihr habt euch angeschrien und seid aufeinander losgegangen. Simon Bellini musste euch wieder zur Vernunft bringen.«

Julia schaut mich erstaunt an. »Wirklich?«

»Bellini hat es mir gegenüber erwähnt.«

Sie nimmt einen Schluck Kaffee. »Ach ja«, sagt sie dann. »Ich kann mich dunkel daran erinnern. Ich habe deiner Schwester Vorwürfe gemacht, dass sie Lilli so vernachlässigt. Aber sie hat sich davon nichts angenommen, sondern mich beschimpft. Na ja, sie war eben krank.«

»Ich hatte bisher den Eindruck, dass du sie gemocht hast«, sage ich. »Als ich dich damals in der Gerichtsmedizin getroffen habe, schienst du doch sehr betroffen und traurig zu sein.«

»Das war ich auch«, bestätigt sie. »Es tat mir leid, dass ich oft so schroff zu ihr war. So einen Tod wie Marion hat niemand verdient.«

Sie schaut auf die Uhr. »Kommst du mit nach unten? Vor dem Haus findet gerade der monatliche Treff der Mieter dieses Hauses statt. Eigentlich ein schönes Ritual.«

Auf dem Bürgersteig haben sich die Rauchergruppe aus der Physiotherapiepraxis, die Mieter und einige Nachbarn versammelt. Luis winkt mir aus einiger Entfernung zu. Babygirl steht neben ihm.

Ich geselle mich zu einigen Leuten, die ich noch nicht kenne. »Hallo«, sage ich. »Ich bin Alix David, die Schwester von Frau Ziegler. Ich wohne seit einigen Wochen hier und hatte noch keine Gelegenheit, mich bei allen vorzustellen.«

Man schüttelt mir die Hand und kondoliert mir zum Tod meiner Schwester. Selbstverständlich gibt es auch neugierige Fragen. Besonders zu Lilli. Ich bemühe mich, so unverbindlich wie möglich zu antworten und alles im Unklaren zu lassen.

Mir fällt eine junge Frau auf, ganz in Schwarz gekleidet, mit tätowierten Armen, Springerstiefeln, einer Perle in einem Nasenloch und pechschwarzen Haaren, die zu einem dicken Knoten geformt sind. Sie scheint die anderen bei Laune zu halten.

Babygirl steht plötzlich neben mir.

»Wer ist die schwarze Frau?«, frage ich.

»Das ist Kati«, antwortet Irina, »Kati Ritter. Sie Chef von Massagepraxis. Kann dir helfen wegen Rücken und so.«

»Gut zu wissen«, entgegne ich.

»Guten Tag, mein Fräulein«, sagt eine Stimme in meinem Rücken. Es ist Franz Brink, der alte Mann, der früher Gärtner war und jetzt Frauenschuhe klaut. Er macht einen sehr sympathischen Eindruck, wie es bei alten Männern oft vorkommt. Ein bisschen verwirrt, freundlich zu allen und dankbar für jedes nette Wort.

Seine Augen sind gletscherblau und das Gesicht ist von tausend kleinen Falten durchzogen. Er trägt einen unmodernen, aber sauberen schwarzen Anzug, ein weißes Hemd mit Stehkragen und eine rote Fliege. »Wann kommt Lilli wieder nach Hause?«

»Das weiß ich leider nicht.«

»Wissen Sie, ich vermisse sie«, sagt Franz Brink leise. Er blickt sich um, als wolle er sichergehen, von niemandem belauscht zu werden. »Sie hilft mir im Garten«, verrät er dann. »In ein paar Wochen blüht das *Cypripedium calceolus*. Ohne Lilli wachsen die Pflanzen nicht weiter.«

Ich bin verwirrt. »Welchen Garten meinen Sie?«

»Er meint den kleinen Garten im Innenhof«, sagt eine Stimme in meinem Rücken. »Lilli hat ihm geholfen, dort Orchideen zu pflanzen«, erklärt Kati Ritter. »Der Zugang zum Garten führt durch eine Tür meiner Physiotherapiepraxis.«

Der alte Mann nickt. »Frau Kati war so freundlich, uns Zugang zu gewähren. Der gelbe Frauenschuh ist eine heimische Wildsorte. Der botanische Name ist *Cypripedium calceolus*.«

Langsam formt sich eine Idee in meinem Kopf. Frauenschuh? Franz Brink stiehlt Frauenschuhe. Er pflanzt sie in Erde und wartet darauf, dass sie anwachsen und blühen.

»Ja, genau«, nickt Kati Ritter, die meine Gedanken wohl erraten hat.

»Einen schönen Tag, die Damen.« Brink verbeugt sich. Und zu mir gewandt: »Gnädigste, grüßen Sie Fräulein Lilli und sagen Sie ihr, dass ich auf sie warte.«

Wir sehen ihm nach, wie er langsam und grüßend an den Nachbarn vorbei zur Haustür geht – gestützt auf einen Gehstock mit silbernem Knauf. Genau einen solchen hat meine Oma benutzt, fällt mir ein. Jahrzehntelang habe ich nicht mehr an sie gedacht. Wie kann man jemanden vergessen, der einem früher viel bedeutet hat?

»Kommen Sie, ich zeige Ihnen den Orchideengarten.«

Ich folge Kati Ritter durch mehrere Türen zu einem kleinen, verwilderten Grundstück. Nach Garten sieht hier nichts aus.

»An der linken Wand.«

Ich sehe noch immer nichts. Kati nimmt eine kleine Schaufel aus einem Eimer, gräbt ein Loch in die Erde und befördert einen Frauenschuh aus der Erde – einen pinkfarbenen Pumps mit silberner Schnalle. »Franz hatte früher eine Orchideenzucht. Er wartet seit Jahren darauf, dass der Frauenschuh anwächst und blüht. Lilli hat bei dieser Warterei mitgemacht. Ob sie alles verstanden hat, weiß ich nicht. Ist das nicht unfassbar süß?«

Ja, das ist es wirklich. Ich bin zutiefst berührt und habe für einen Moment das Gefühl, als könnten mir die Tränen kommen, und muss mich zusammenreißen.

Wir verlassen den Innenhof und gehen wieder zu den anderen.

»Wegen seiner Demenz konnte er seine Gärtnerei nicht weiterführen, aber er erinnert sich noch gut und hat keine der lateinischen Namen vergessen.«

»Sie mögen den alten Mann, oder?«

Kati Ritter nickt. »Allerdings. Ich behandele seine altersbedingten Zipperlein. Umsonst. Und wenn hier Leute rumkrakeelen, dass ihnen Schuhe fehlen, sollen sie ihre affigen Treter in den Kühlschrank stellen.«

Kati wirft Babygirl einen deutlichen Blick zu. Doch die ist mit Kundenakquise beschäftigt, steht in einer Ecke und unterhält sich mit dem Nerd. Sie präsentiert sich ausgesprochen professionell, schaut ihm in die Augen und streichelt seinen Arm. Oskar Hansen ist puterrot, positioniert die Hände längs der Hosennaht, als stünde er vor seinem Vorgesetzten.

»So eine dämliche Tusse, jetzt macht sie dem armen Kerl schöne Augen«, schimpft Kati Ritter und zündet sich eine Zigarette an.

»Es scheint ihm aber zu gefallen«, bemerke ich.

»Hallo, Frau David, wie bist du heute drauf?«

Bitte nicht! Branco Waremme hat sich angeschlichen. In seinen semmelblonden Haaren prangen giftgrüne Streifen.

»Suchst du wieder Leichen?«, blaffe ich ihn an.

»Na ja«, dehnt er. »Ich schaue vorsorglich jeden Tag an meinem liebsten Horrorhaus vorbei.« Er guckt nach oben. »Aber ich sehe schon, heute baumelt keiner am Seil.«

»Vielleicht ist der Mörder in einer Fortbildung«, ätze ich. »Thema: Wie werde ich lästige Blaulichtreporter für immer los.«

Waremme lässt sich nicht erschüttern. »Das geht bei mir nur mit brutaler Gewalt«, grinst er.

»Wenigstens erkennt man dich sofort an deinem merkwürdigen Kopfputz«, sage ich und deute auf das Grün in seiner Frisur.

»Bei meinem Allerweltsgesicht ist das auch nötig. Was kann ich bloß tun, damit du Vertrauen zu mir fasst?«, ändert er seinen Ton von forsch zu unterwürfig.

»Wegbleiben«, rate ich ihm und flüchte ins Haus.

Luis hat die ausgedienten Rauchmelder auf dem Küchentisch verteilt. Daneben liegt ein Haufen aus mehreren schwarzen Würfeln.

»So viele Mini-Kameras?« Ich bin fassungslos.

»Unglaublich«, sagt Luis. »Jemand hat fast alle Wohnungen in diesem Haus überwacht. Das hätte noch nicht mal die Stasi fertiggebracht. Ich muss die Kollegen informieren.«

»Lass uns noch warten«, bitte ich. »Wenn deine Kollegen aktiv werden, warnen wir den Spion und er kann alle weiteren Spuren beseitigen.«

»Alix, du guckst zu viele Krimis«, sagt Luis. »Ich werde bestimmt kein Beweismaterial verschwinden lassen. Das ist Polizeiarbeit und kein Spiel für Amateure, sondern ein ernstes Handwerk.«

»Danke, Herr Hauptkommissar.«

»Dann sag du doch mal, wie wir weiter vorgehen sollen.«

»Wir sehen uns die Videos vor der Polizei an, dann wissen wir, ob sie überhaupt mit dem Mord an Marion zu tun haben. Zum Glück habe ich die Kamera in Marions Wohnung gesichert.«

»Du wirst sie herausrücken müssen«, prophezeit er.

»Ich werde alles bestreiten«, sage ich. »Oder befürchtest du, dass eine Kamera deinen Besuch bei Frau Babygirl aufgezeichnet hat? Dann solltest du erst recht Interesse daran haben, die Filme zu finden, bevor dein Date im Internet landet.«

Die Stimmung ist auf dem Nullpunkt. Luis packt die Kameras zusammen und verabschiedet sich.

Nebenan nimmt Antonio Banderas seine Behausung auseinander. Einer hölzernen Sitzstange hat er bereits den Garaus gemacht, die Futterschale hängt schief und die Körner liegen im Vogelsand.

Ich lasse Toni aus dem Käfig. Er krabbelt meinen Arm hinauf, setzt sich auf meine Schulter und knabbert an meinem Ohrläppchen. Dabei brabbelt er zärtlich vor sich hin. Meine Laune bessert sich: Es gibt doch noch Wesen, die mich lieben.

Im Internet recherchiere ich, wie die Spionagekameras funktionieren. In einer Beschreibung ist zu lesen: *Wenn man die Mini-Kamera mit dem WLAN verbindet, kann man das Video auf dem Handy speichern.*

Das Teil hat einen Bewegungsmelder – läuft nur, wenn sich in der Wohnung jemand oder etwas bewegt. Zugriff auf die Videos bekommt man, wenn das Gerät an ein Handy angeschlossen wird. Und jetzt? Ich bin genauso schlau wie zuvor.

Adieu, Toni

Ich gehe auf Distanz zu Luis. Mein Vertrauen zu ihm hat in den letzten Tagen ziemlich gelitten. Und er trinkt zu viel. Aber er fehlt mir doch. Auf Julias Gutmenschen-Getue habe ich keine Lust mehr. Ich verlasse kaum noch die Wohnung. Es ist nicht das erste Mal, dass ich in eine mittelschwere Depression gleite. Meine Situation ist desolat. Kein Job in Aussicht, keine Freunde, die mich auffangen. Immerhin habe ich es zu einem Vogel gebracht. Wenn er vor sich hin brabbelt, geht es mir ein bisschen besser.

Eines Abends lädt Julia mich zu sich ein. »Wir müssen mal reden. Luis ist auch da.«

Ich stimme zu und nehme die Treppe nach oben. Luis sitzt an Julias Wohnzimmertisch und betrachtet ein Glas Rotwein, in dem sich das Licht einer Kerze spiegelt.

Ich setze mich ihm gegenüber, damit ich ihn im Blick habe.

»Worum geht es denn?«, frage ich.

»Unsere Recherchen stecken fest«, antwortet sie. »Wir müssen einen Plan machen, wie wir mit den Spionagekameras umgehen wollen.«

Ich wende mich an Luis. »Ich dachte, du hast alles schon bei deinen Kollegen abgeliefert.«

»Hab ich nicht«, kommt es trotzig.

»Entspannt euch«, bittet Julia. »Ich hab uns was Leckeres zusammengestellt.« Sie stellt Schüsselchen mit Oliven, Nüssen, gefüllten Paprika und kleinen Gurken auf den Tisch. Es folgen Wurst, Schinken, Brot und Avocadocreme.

Ich gieße mir ein Glas Wein ein. *Vin nobile de Montepulciano* aus der Toskana, die beste Sorte aus der Gegend.

Julia setzt sich und streicht sich die glatte Frisur noch glatter. »Was ist los mit euch beiden?«, fragt sie.

»Wir haben uns überschätzt«, starte ich den ersten Versuch einer Antwort. »Wir sind in einer Sackgasse.«

»Das meine ich nicht«, entgegnet die gute Seele des Hauses. »Was läuft zwischen euch beiden schief?«

»Julia, keine Paartherapie!«, bitte ich.

»Genau!«, stimmt Luis zu.

»Danke, Luis«, lächele ich.

»Na gut«, bedauert Julia. »Ihr seid noch nicht so weit. Dann reden wir doch über unseren Fall.« Sie wendet sich an mich. »Hast du die Kamera, die in Marions Wohnung angebracht war, gut gesichert, Alix?«

»Ich weiß von keiner Kamera«, behaupte ich. Julia verzieht das Gesicht.

»Du lügst!«, ruft Luis und springt auf.

»Nun regt euch ab«, schimpft Julia. Luis setzt sich wieder.

Als die Rotweinflasche leer ist, begebe ich mich Richtung Bad, um mir die Hände zu waschen. Durchs Schlafzimmer, vorbei an dem Regal mit den vielen Fotos. Der Mann ist nicht mehr da! Wo ist das Bild mit dem Doppelgänger von Sean Connery? Hat Julia es weggestellt? Wenn ja, warum? Alles sehr merkwürdig. Soll ich Julia danach fragen?

Ich brauche etwas länger im Bad, um wieder in die Spur zu kommen.

Zurück im Wohnzimmer sage ich: »Ich will Lilli in Kürze wieder besuchen. Hast du Lust, mitzukommen, Julia?«

»Ja, natürlich«, lächelt sie. »Sag Bescheid. Ich freu mich auf die Kleine.«

Sie hat das letzte Wort kaum ausgesprochen, als von unten ein furchtbares Kreischen zu uns dringt.

»Das kommt aus meiner Wohnung«, schreie ich. »Da ist jemand!« Ich stürze zur Tür.

»Bleib hinter mir«, befiehlt Luis.

»Lass mich!« Ich laufe die Treppe hinunter, Luis folgt mir.

Meine Wohnungstür ist aufgebrochen worden.

Wir rennen durch den Flur ins Wohnzimmer. Es ist durchwühlt worden. Toni liegt tot vor dem Käfig. Das Köpfchen hängt nur noch an einer Sehne. Ich schreie und schluchze. Luis nimmt mich in die Arme, drückt mich an sich und spricht beruhigend auf mich ein. Ich begreife die Worte nicht, mein Schock ist so groß, dass ich nicht mehr ansprechbar bin.

Panikattacke

Am Morgen wache ich auf. Nicht allein, denn Luis liegt neben mir. Ich versuche, mich an den Rest des vergangenen Tages zu erinnern, komme aber nicht klar. Hat er die Situation ausgenutzt?

»Keine Sorge«, murmelt er im Halbschlaf. »Ich hab dich nicht angefasst, sondern nur getröstet. Du hattest eine Panikattacke.«

Er legt den Arm um mich und zieht meinen Kopf in seine Halsbeuge. Ich spüre Bartstoppeln, rieche die Reste eines herben Herrenparfums und fühle feuchte Wärme.

»Wir müssen aufstehen«, sagt er. »Gleich kommen die Kollegen, um die Spuren vom Einbruch zu sichern.«

»Und Toni?«

»Ich habe ihn in ein Tuch gewickelt.«

Wenig später treffen die Polizeibeamten ein und wir machen unsere Aussagen. Das geht schnell, denn was haben wir – außer den Todesschreien des armen Toni – schon bemerkt?

Ich wandere durch meine Wohnung. Ich soll feststellen, ob etwas fehlt. Die Bücher hat der Einbrecher auf einen Teppich fallen lassen, den er sich vor die Regale gezogen hat, damit sie weich fallen und wenig Lärm machen. Alle Gefäße wie Vasen, Holzkisten und Töpfe sind durchwühlt worden, genauso wie die Taschen meiner Mäntel und Jacken.

»Wo ist die Mini-Kamera?«, flüstert mir Luis zu. »Du solltest sie mir jetzt geben!«

»Moment.« Ich gehe in die Küche, greife nach der Dose mit dem Vogelfutter und hole sie heraus.

Luis ist erleichtert. »Ich übergebe sie dem Kollegen«, sagt er. »Dann ist sie in Sicherheit.«

Wir beerdigen Antonio Banderas am Mittag im Innenhof neben den Frauenschuhen. Franz Brink hat sich dazugesellt. Er trägt eine schwarze Trauerbinde am Oberarm. Babygirl und Julia erscheinen ebenfalls.

Franz Brink gräbt ein Loch und legt Toni hinein. Etwas hilflos stehen wir da und schauen zu, wie der alte Mann nach und nach Erde auf den kleinen Körper schaufelt. Irina schluchzt laut.

Junges Glück?

Wir gehen durch die Praxis ins Freie. Waremme plus Equipment lauert auf dem Bürgersteig. Er kommt mit einem strahlenden Lächeln auf uns zu. »Einbruch bei dir?«, fragt er mich. »Deinen Papagei soll es erwischt haben. Darf ich ein Foto von ihm machen?«

»Nein!«

»Wie hieß der Papagei denn?«

»Antonio Banderas«, antwortet Franz Brink freundlich.

Waremme lacht los. »Das ist eine geile Schlagzeile: *Antonio Banderas tot im Horrorhaus am Graben!*«

»Am besten verschwindest du!« Das ist Luis. »Und zwar zügig!«

»Ach, der Hauptkommissar außer Diensten«, spottet der Reporter. »Wie ist es denn so, wenn man nichts mehr zu sagen hat?«

Luis antwortet nicht auf die Provokation. Stattdessen lacht er und gibt mir einen Kuss auf die Wange.

Waremme traut seinen Augen nicht. »Junges Glück. Wie schön«, trompetet er. »Darf man gratulieren?«

Plötzlich verändert sich die Haltung des Reporters, er starrt an mir vorbei. Ich folge seinem Blick zu Julia.

»Hallo!«, ruft Waremme und geht auf sie zu. »Irgendwoher kennen wir uns! Erinnern Sie sich?«

Julia betrachtet ihn, in ihrem Gesicht zuckt kein Muskel. »Sie müssen sich irren«, sagt sie und wendet sich ab.

Waremme lässt nicht locker. »Doch, wir kennen uns. Ich habe ein gutes Personengedächtnis und so eine Frisur gibt es kaum zweimal in dieser Stadt.«

Julia lässt ihn stehen.

Waremme folgt ihr mit schussbereiter Kamera.

»Lassen Sie das!«, schreit Julia. »Keine Fotos!«

Ein Polizist greift ein und verhindert die Aufnahmen.

Luis und ich gehen ins Haus zurück und fahren hinauf in den dritten Stock zu meiner Wohnung. Er spricht mit seinen Kollegen. Ich schaue mir das Chaos in meiner Wohnung an. Es ist kein gutes Gefühl, zu wissen, dass ein Fremder hier war, meine Fotos und Aufzeichnungen gesehen hat. Mein Blick fällt auf den Laptop. Warum hat der Einbrecher meinen Rechner nicht mitgenommen?

Ich fahre ihn hoch, kann aber keine Ungereimtheiten feststellen. Mein Passwort stimmt noch und der letzte Zugriff auf Dokumente und Fotos liegt einige Tage zurück.

Branco Waremme schafft es mit seinem Artikel auf die erste Seite seiner Zeitung. Aus dem Archiv hat er sich sogar das Foto einer Gelbwangenamazone besorgt, die an einer Nuss knabbert. Daneben prangt das Bild des Filmstars Banderas in seiner Rolle im Film *Die Maske des Zorro*.

Ich lese:

Neuer Mordfall im Horrorhaus am Graben – Antonio Banderas tot aufgefunden

Die Mordserie im Haus am Graben hat ein weiteres Opfer gefordert: Eine Gelbwangenamazone mit dem Namen Antonio Banderas wurde tot aufgefunden – offensichtlich erwürgt. Der Papagei gehörte der ermordeten Marion Z. und ihrer Tochter Lilli, die ihre Mutter erstochen haben soll. Die Polizei hat den Fall geschlossen, weil das Kind nicht strafmündig ist – wir berichteten.

Durch den neuen Vorfall bekommt der rätselhafte Mord an der 40-jährigen Mutter eine neue Dimension. Was ist geschehen? Was hat der sprachbegabte Vogel mitbekommen? Hat er den Mörder gesehen? Niemand weiß es.
Aber der Reihe nach: Am gestrigen Abend drang ein Un bekannter in die ehemalige Wohnung des Mordopfers ein, in der zu dieser Zeit niemand anwesend war. Der Einbrecher hat die Zimmer durchwühlt. Wonach er gesucht hat, ist unbekannt. Die jetzige Mieterin der Wohnung, Alix D., die Schwester der Toten, hörte den Papagei schreien, während sie sich eine Etage höher bei einer Nachbarin befand. Als sie nachschaute, war der Täter schon geflüchtet und Antonio Banderas tot.
Die Tat zeigt Parallelen zu einem Wohnungseinbruch im selben Haus eine Woche zuvor, als Unbekannte die Wohnung des toten katholischen Geistlichen M. durchwühlten. Wir fragen: Was stimmt mit diesem Haus nicht? Die Polizei sieht offiziell keine Zusammenhänge zwischen den Fällen. Was stutzig macht: Der vom Dienst suspendierte Kriminalhauptkommissar W. wohnt vorübergehend im Haus am Graben – vielleicht undercover? Wir berichten weiter.

Lilli taut auf und ab

»Wie schön!«, sagt Julia beim Anblick der Klinik für Kinderpsychiatrie. Die Gebäude wirken aus der Ferne wie ein Dornröschenschloss. Die Sonne suhlt sich in den blühenden Sträuchern, Insekten spielen verrückt und stauben jede Menge Nektar ab. Nichts deutet darauf hin, dass hier Kinder leben, die einer Behandlung bedürfen, damit sie mit der Welt von heute klarkommen. Ich stelle das Auto ab und Julia und ich schlendern zum Eingang. Hinter der Glastür wartet Lilli.

Wir begrüßen uns. Dr. Rosenblatt ist auch da und will uns sprechen. Der Mediziner schickt Lilli in den Garten. Wir folgen ihr mit unseren Blicken.

»Sie ist ein sehr liebes Mädchen«, erklärt er. »Hochintelligent, empathisch und keineswegs aggressiv. Ich kann kaum glauben, was ihr vorgeworfen wird.«

»In dem Fall wird wieder ermittelt«, verrate ich dem Arzt.

»Wie geht es weiter?«, fragt Julia. »Lilli kann ja nicht ewig in der Klinik bleiben.«

»Das Jugendamt möchte sie bald in einer erfahrenen Pflegefamilie unterbringen und in eine Förderschule schicken. Dort werden die Kinder entsprechend ihren Begabungen und ihrer Psyche behandelt.«

»Kann ich dann den Kontakt zu meiner Nichte halten?«

»Ja, das können Sie«, lächelt der Arzt. »Denn meine Frau und ich haben uns beworben, sie vorläufig bei uns aufzunehmen. Oder wollen Sie Lilli schon zu sich nehmen?«

Inzwischen habe ich eine Antwort auf diese Frage. »Mein eigenes Leben ist einfach viel zu unstet, um ein Kind zu mir zu nehmen«, erkläre ich. »Ich möchte zunächst gerne die liebe Tante Alix sein, die zu Besuch kommt und schöne Geschenke mitbringt.«

»Lilli spricht übrigens wieder«, erzählt der Arzt. »Aber nur, wenn sie entspannt ist. Sie hat die große Angst, etwas falsch zu machen, abgelegt. Versuchen Sie, wenn Sie gleich mit ihr reden, sie an ihre Mutter zu erinnern. Sie ist jetzt so weit.«

»Ich will die Kleine nicht quälen.«

»Verlassen Sie sich auf Ihr Gefühl«, rät der Arzt. »Aufgeben wäre keine gute Lösung – genauso wenig wie eine totale Verdrängung.«

Ach, Lilli. Wir begrüßen uns herzlich. Sichtlich freut sie sich, dass ich da bin, und schlingt ihre Arme um mich.

»Wo ist Mama?«, fragt sie und schaut mich aus den blauesten Augen der Welt an.

Hilflos blicke ich zum Arzt. Er nickt. Ich interpretiere das als Aufforderung, die Wahrheit zu sagen. Aber welche Wahrheit? Dass ihre Mama brutal ermordet worden ist?

»Deine Mama ist im Himmel«, versuche ich es. »Sie sieht dich und passt auf dich auf.«

Kitschiger und unbeholfener geht es nicht. Mir wird übel von meinen eigenen Worten.

»Also ist sie tot?«, fragt Lilli mit unbewegtem Gesicht.

Ich nicke. Für die Nummer *Mama im Himmel* ist sie ja doch schon zu erwachsen.

»Bin ich deshalb hier?«

»Du bist hier, weil du durch den Tod deiner Mutter krank geworden bist, Lilli«, sagt Rosenblatt.

»Aber bald wird es dir wieder gut gehen«, mischt sich Julia ein und legt ihren Arm um Lillis Schulter.

Das Mädchen befreit sich fauchend aus dem Griff, stößt Julia zurück und läuft wieder in den Garten. Julia ist völlig perplex und bricht in Tränen aus.

Rosenblatt will uns Lillis Reaktion erklären.

»Lilli nähert sich dem Grund für ihr Trauma nur langsam«, erklärt er. »Frau Bergmann war ja vor einigen Wochen schon mal hier und damals zeigte Lilli keine auffällige Reaktion. Inzwischen verbindet sie die Dame mit dem Tod ihrer Mutter, warum auch immer. Sie nähert sich langsam der Realität oder dem, was sie dafür hält.«

Julia hört schweigend zu. Der Schock hat sie noch im Griff.

Wieder im Auto schluchzt sie: »Was hat das Kind denn auf einmal gegen mich? Ich war immer da für sie, im Gegensatz zu ihrer Mutter.«

»Mach dir nichts draus«, tröste ich sie. »Du hast den Arzt doch gehört: Sie sucht einen Weg aus ihrer Verwirrtheit. Immerhin spricht sie jetzt wieder.«

»Hattest du ein gutes Verhältnis zu deiner Mutter?«, fragt Julia.

Ich überlege, ob ich ihr die Wahrheit sagen soll, aber ich entscheide mich dagegen. »Meine Mutter ist früh gestorben«, lüge ich. »Ich hab da wohl vieles vergessen oder verdrängt.«

»Verdrängung ist kein Mittel, um sich zu befreien«, behauptet sie.

»Ich muss nicht befreit werden.«

»Das sagen alle«, lächelt Julia mitleidig.

Ich werde ärgerlich. »Warum willst du mir einreden, dass ich Probleme habe?«

»Entschuldige. Ich wollte dir nicht zu nahe treten.«

Den Rest der Fahrt schweigen wir.

In der Nacht träume ich von dem Tag, an dem ich meine Mutter das letzte Mal gesehen habe. Sie war schwer erkrankt und verbrachte ihre letzte Zeit in einem Hospiz. Die Ärzte hatten keine Hoffnung auf Genesung mehr.

Die Tür ihres Zimmers stand offen und ich näherte mich vorsichtig. Mama lag zusammengeschrumpft im Bett. Jemand hatte unter ihren Nacken ein dickes Kissen geschoben, das ihren Kopf hochhielt und stützte. Ihre Unterarme lagen auf Kissen, in den Armen steckten Schläuche, durch die Medikamente in ihren Leib flossen. Sie machte den Eindruck eines angeschossenen, bewegungsunfähigen Tieres, das auf sein Ende wartet. Ihre früher dunklen, üppigen Haare waren jetzt aschgrau und dünn. Ich streichelte das strohige Zeugs und sagte, dass es ihr bald besser gehen würde. Dabei glaubte ich selbst nicht daran.

»Hör auf mit den Lügen«, schrie sie plötzlich. Ihr Blick war voller Wut. »Die Frauen unserer Familie sind verloren. Sie brennen an zwei Seiten gleichzeitig. Unten und oben. Schon immer. Ich, Marion und du auch. Wir sind verflucht. Und du wirst das auch erleben.«

Ich floh aus dem Hospiz und kehrte nicht zurück.

Flucht ans Meer

Sitzung unserer Dreier-Ermittlungsgruppe bei Julia. Computerspezialisten der Polizei haben die Spionagekameras untersucht, aber ob sie Zugang zu den Aufnahmen haben, ist noch geheim. Auch Luis behauptet, nichts zu wissen. Man habe ihn von den Infos zu dem Fall abgeschnitten.

Dafür versucht er, uns die Spionagetechnik zu erklären.

Besonders wichtig sei die Frage, woher die Kamera ihren Strom bekommt, denn der eingebaute Akku speist das Gerät höchstens sechs Stunden lang. Mit Engelsgeduld führt er die technischen Details aus, stößt aber schnell an seine und vor allem an unsere Grenzen. Meine Begeisterung für Stromkreise, Megapixel und Ultra-Weitwinkel-HD-Objektive ist kaum ausgeprägt. Und bei Julia sieht es nicht anders aus.

»Okay«, seufzt er schließlich. »Dann erkläre ich es euch ganz einfach: Die Kamera hat den Strom bei der Treppenhausbeleuchtung geklaut. Die Leitung ist angezapft worden.«

»Das verstehe ich.«

»Na also.«

»Und wo kommen die Bilder dann raus?«, erkundigt sich Julia.

»Die werden von den Brieftauben gebracht«, spottet er.

»Echt?« Ich mache ein unschuldiges Gesicht.

Luis amüsiert sich. »Die Fotos oder Filme werden übers Handy gespeichert, von dort aus können sie auch wieder abgerufen werden. Wir müssen warten, was die Experten sonst noch herausbekommen.«

Es tut uns gut, zusammenzusitzen. Die Stimmung ist besser als in den letzten Tagen. Der Wein trägt dazu bei.

»Ich habe Branco Waremme wegen Stalkings angezeigt.« Das kommt von Julia. »Ich wollte es euch schon eher erzählen.«

»Wie bitte?«, reagiere ich erstaunt.

»Ja. Er ruft mich ständig an, will mit mir reden, lauert mir auf«, behauptet sie. »Als ich ihm sagte, dass ich ihn für psychisch gestört halte, hat er mich beschimpft.«

»Was will er von dir?«

»Er fragt immer das Gleiche: Wo wir uns schon mal begegnet sind. Ich kann mich aber nicht erinnern. Ich habe seinen Chefredakteur angerufen und gefordert, dass er ihm verbietet, mir nachzustellen. Aber der sagte, das würde er nicht machen, weil Waremme das beste Pferd in seinem Stall sei. Außerdem hat er mich auf die Pressefreiheit in einem demokratischen Staat hingewiesen, der verdammte Schmierfink!«

»Waremme nimmt seinen Beruf ernst«, sagt Luis. »Warum bist du so aggressiv, Julia? Er ist eine Nervensäge und ein Ekelpaket, aber er macht halt seinen Job, wenn auch auf unangenehme Weise. Beachte ihn nicht und er wird dich in Ruhe lassen.«

»Er gibt mir das Gefühl, dass ich etwas zu verbergen hätte.«

»Lass ihn am langen Arm verhungern«, rate ich ihr. »Der will dich weichkochen.«

»Es belastet mich. Ich werde die nächsten Tage ans Meer fahren. Eine Woche oder länger. Ihr könnt mich aber jederzeit auf dem Handy erreichen.«

Luis' und mein Blick treffen sich. Sie bedeuten: Was ist los mit dieser sonst souveränen und entspannten Frau?

»Ja, ich bin angefressen. Ich habe mich jahrelang um Lilli gekümmert und jetzt hat sie Angst vor mir. Das macht mir wirklich zu schaffen. Deshalb muss ich hier mal raus. Ich habe ein reizendes Häuschen auf Norderney gemietet«, erzählt sie. »In den Dünen. Mit Reetdach und kleinem Garten.«

»Ich beneide dich«, seufze ich.

»Dann komm doch mit!«

»Das geht leider nicht«, behaupte ich. »Die Agentur für Arbeit hat mir einen Termin verordnet und meine Wohnung sieht nach dem Einbruch noch immer gruselig aus.«

»Ich lasse dir meinen Schlüssel hier. Falls irgendwas passiert.«

»Was soll passieren?«

»Noch ein Einbruch? In diesem Haus geschieht in den letzten Wochen viel Seltsames«, erwidert Julia.

»Und ich will zurück in meine eigene Wohnung«, erklärt Luis.

In meiner Wohnung herrscht noch immer Chaos. Die Bücher liegen wild durcheinander auf dem Boden. Luis hat mich begleitet und hilft beim Aufräumen, schaut ab und zu auf die Titel und liest Klappentexte. Einige Bücher legt er beiseite.

»Du hast einen sehr breit angelegten Literaturgeschmack«, stellt er fest. »Vom Porno bis zur Schnulze.«

»Wieso Porno?«

»Hier!« Er wedelt mir mit Henry Millers *Opus Pistorum* zu, schlägt das Buch auf und zitiert: »*Diese süße, nackte Dreizehnjährige auf meinem Schoß, ihr Vater, der hinter dem Paravent in der Ecke gerade seine Hose herunterlässt, und die dralle junge Hure auf der Couch – es ist, als würde man das Leben durch verzerrendes Glas betrachten und Dinge wahrnehmen, die man erkennt und doch für unmöglich hält.* Das ist eindeutig Kindesmissbrauch und ein Verbrechen.«

»Luis, das ist Weltliteratur. Henry Miller ist ein sehr berühmter Schriftsteller, dessen erotische Romane hochgelobt werden.«

»Erotik? Das ist Porno«, nickt Luis. »Porno mit schöneren Worten. Das Buch gehört verboten und der Kerl eingesperrt.«

»Das geht nicht mehr, denn das ist alles Schnee von gestern«, erkläre ich. »Miller ist längst tot und das Buch war lange verboten. Der Bundesgerichtshof hat sich noch vor rund dreißig Jahren mit dem *Opus* befasst und geurteilt, dass es sich um Kunst im Sinne des Grundgesetzes handelt. Und Kunst ist frei.«

»Hat der Autor die Schweinereien in dem Buch eigentlich alle begangen?«

»Ich weiß es nicht. Miller lebte in den Zwanzigerjahren mit seiner Frau Anaïs Nin in Paris, hatte keine Kohle und ein reicher Freund zahlte ihm einen Dollar pro lüsterne Seite. So konnte er seinen *café au lait* wieder bezahlen. Ich leihe dir das Buch gerne.«

»Lass mal«, wehrt der Kommissar ab. »Meine Zeit ist knapp, denn ich bin wieder Mitglied der Sonderkommission *Haus am Graben*.«

»Es gibt eben keinen Besseren als dich!«, lächele ich.

Das Telefon klingelt. Es ist die Bank, bei der Marion ein Konto hat. Ein Mitarbeiter teilt mir mit, dass sie ein Schließfach gemietet habe, zu dem sie mir im Falle ihres Todes schriftlich Zugangsrecht eingeräumt habe. »Sie können den Inhalt einsehen.«

»Was brauche ich dazu?«

»Der Personalausweis reicht.«

»Warum rufen Sie erst jetzt an? Meine Schwester ist schon seit Monaten tot«, frage ich.

»Ja, das ist unschön und tut uns leid«, gibt der Banker zu. »Es ist uns erst jetzt aufgefallen, dass es diese Verfügung gibt.«

»Endlich ein Lichtblick in dem Fall.« Luis ist erleichtert.

»Was da wohl drin ist?«, grübele ich.

»Die vielen Millionen, die deine Schwester im Lotto gewonnen hat?«, grinst der Kommissar.

»Schön wär's«, sage ich. »Aber Marion war pleite.«

»Und wenn nicht?«, fragt er. »Es gibt Leute, die bunkern Geld. Wir hatten da mal so einen Fall. Ein 98-Jähriger, der von der Grundsicherung lebte, hatte hunderttausend Euro in einem Kleiderschrank versteckt. Die Erben haben gejubelt.«

Für meine Schwester

Ein Bankmitarbeiter bringt mich in den Keller zu dem Hochsicherheitsraum mit den Schließfächern. Der Schlüssel hat einen komplizierten Bart mit zahlreichen Ausfräsungen.

»Bitte schön.« Er öffnet die Tür und lehnt sie an. »Klingeln Sie, wenn Sie fertig sind.«

Eine Szene wie im Film. Ganz kurz kommt mir ein Gedanke: Was wäre, wenn ich hier für immer eingeschlossen bliebe? Ich schiebe die Panik weg.

Im Fach liegt ... fast nichts. Nur ein Briefumschlag mit einem USB-Stick, auf den ein kleiner Zettel geklebt ist. In schwarzer Handschrift steht dort: *Für meine Schwester Alix David.*

Vermutlich ist der Traum vom sorgenfreien Leben damit zu Ende. Ich muss weiter darauf hoffen, einen Job zu finden, der mir meinen abendlichen Wein garantiert.

Luis wartet in der Schalterhalle der Bank. Er tippt etwas in sein Handy und bemerkt mich nicht. Frauen stöckeln an ihm vorbei und versuchen, seine Aufmerksamkeit zu erregen. Eine lässt sogar einen Aktenordner fallen. Er schaut auf und entdeckt mich. Die Frau muss ihre Akten selbst zusammenklauben.

»Wo ist der Koffer mit den Millionen?«, fragt er voller Erwartung.

»In dem Fach war noch nicht mal ein versilberter Ohrring«, antworte ich. »Nur das!« Ich wedele mit dem Briefumschlag.

»Ein Scheck?«

»Nein, ein Computerstick. An mich adressiert.« Ich stecke

den Umschlag in meine Handtasche. »Und jetzt raus hier«, drängele ich. »Ich will wissen, was mir Marion mitzuteilen hat.«

»Entspann dich«, sagt er. »Wer nichts erwartet, kann nicht enttäuscht werden.«

Dabei ist Luis selbst nervös und das wirkt sich auf seinen Fahrstil aus. Nach abenteuerlicher Ignoranz roter Ampeln kommen wir dennoch unversehrt zu Hause an.

»Brauchst du einen Kaffee, bevor wir Marions Vermächtnis in den Rechner schieben?«, frage ich.

»Hast du Angst?«, lacht er.

»Ich bin nervös«, gebe ich zu.

Meine Güte, was hat er für ein schönes Lachen. Irgendwie verschmitzt, mit leiser Ironie. Ich muss cool bleiben und bei klarem Verstand.

Wir setzen uns vor den Computer und fahren ihn hoch. Luis steckt den USB-Stick in den Schlitz. Marion erscheint auf dem Monitor. Meine tote Schwester, die locker auf dem Sofa sitzt. Mir wird flau.

»Liebe Alix, wenn du dieses Video siehst, bin ich tot. Zumindest habe ich es so geplant. Wir haben uns nie gut verstanden, aber ich denke, dass deine Solidarität dazu reicht, dass du dir dieses Video anschaust.«

Marion wirkt nicht topfit. Eine fahle Gesichtsfarbe, fahrige Bewegungen, Wortfindungsprobleme.

»Ich habe in meinem Leben viele Fehler gemacht. Der größte war, dass ich ein Kind bekommen habe. Ich konnte Lilli keine gute Mutter sein. Ich konnte sie nicht lieb haben. Das tut mir sehr leid, aber es ging nicht anders. Ich erwarte nicht, dass du das verstehst. Ich bitte dich, im Fall meines Todes Lilli zu dir zu nehmen und dafür zu

sorgen, dass sie ein zufriedenes Leben führen kann, das sie bei mir nicht haben konnte. Um dir die Entscheidung zu erleichtern, habe ich ein kleines Vermögen angesammelt, über das du zur Hälfte uneingeschränkt verfügen kannst. Die andere Hälfte gehört Lilli.
Ich wünsche mir, dass du dich um Lilli kümmerst und die Vormundschaft übernimmst, aber es ist keine Bedingung. Ihren leiblichen Vater kann ich nicht darum bitten, da er bei einem Unfall ums Leben gekommen ist. Das Geld liegt in einem Safe in einer Schweizer Bank. Dort ist dein Name hinterlegt. Den Schlüssel findest du im Bad hinter einer leicht beschädigten Kachel in der Badewannenverkleidung. Verzeih mir bitte, dass ich dich früher oft verletzt habe. Hier findest du das Geld.«

Sie hält einen Zettel ins Bild, auf dem in fetten Buchstaben eine Zahlenreihe und der Name einer Bank in Genf zu lesen sind. Luis stoppt den Film, macht sich Notizen und lässt das Video weiterlaufen.

»Verzeih mir, dass ich die Geldübergabe so kompliziert gemacht habe, aber ich habe Angst, dass mein Wohlstand anderen nicht verborgen geblieben ist. Es gab bereits einige Versuche, in meine Wohnung einzubrechen.
Ich bemühe mich gerade, mein Leben wieder in Ordnung zu bringen und neu anzufangen. Falls das schiefgeht und mir etwas passiert und ich nicht wiederauftauche, bitte ich dich: Liebe Lilli so, wie ich es nicht gekonnt habe.«

»Jetzt wissen wir wenigstens, was der Einbrecher gesucht hat«, schließt Luis aus dem Video.

»Aber woher hatte sie das Geld?«, frage ich. »Das hat sie leider nicht gesagt.«

»Lass uns erst mal herausfinden, um wie viel es überhaupt geht.«

»Vielleicht hat Marion Martinelli das Kirchengeld abgeknöpft und der Pope hat deshalb Suizid begangen.«

»Hör auf zu träumen!«, warnt er. »Vielleicht liegen auf dem Konto nur ein paar Tausend Euro, die gerade mal für eine gebrauchte Karre reichen.«

»Im Video ist von einem ›Vermögen‹ die Rede«, widerspreche ich. »Lass uns ins Bad gehen und den Schlüssel suchen.«

Mit einem Hammer klopft Luis die Kachel ganz kaputt. Ja, da liegt eine Schachtel mit einem Schlüssel. Der erste Schritt zu meinem künftigen Wohlstand ist getan.

»Deine Schwester war gar nicht so dumm«, stellt Luis fest. »Sie hat alles gemacht, um das Geld an die richtige Adresse zu bringen – an dich ... in der Hoffnung, dass du dich um Lilli kümmern wirst.«

»Sie hat es sich gewünscht, aber nicht zur Bedingung gemacht«, korrigiere ich. »Aber sie kannte mich eben.«

»Was kannte sie von dir? Deine finanziellen Probleme oder dein Herz für Kinder?«

»Vermutlich beides.«

Luis fragt, ob er über Nacht bleiben darf. Ich sage nicht Nein.

Nur ein Gefühl

Ich habe Luis so brutal auf Abstand gehalten, dass er sich nicht traut, mich anzufassen, obwohl er neben mir liegt.

Mit mir stimmt etwas nicht. Ich bin dreißig Jahre alt und habe – außer ein paar belanglosen Zärtlichkeiten – noch keinen Mann an mich herangelassen. Jetzt ist es zu spät, denn wenn ich es einem Mann beichten würde, wäre ich blamiert.

Hinzu kommt, dass ich – immer wenn Luis mir näher kommen will – das Bild vor mir habe, wie er mit offener Hose aus Babygirls Wohnung kommt.

Bei der Beurteilung von Sexszenen in den von mir bearbeiteten Manuskripten bin ich allerdings brillant. Da habe ich schon manch rüde Peinlichkeit herauskorrigiert und die Verlage sind sehr zufrieden mit mir gewesen. Am Morgen schicke ich Luis weg.

Gegen Mittag läutet das Telefon. Die Polizei will mit mir über Marions Schweizer Nummernkonto sprechen. Also hat Luis geplaudert. Ich lehne es ab, ins Polizeipräsidium zu kommen.

»Das ist alles privat und geht niemanden etwas an«, sage ich. »Aber ich melde mich natürlich bei Ihnen, falls es Anhaltspunkte gibt, dass irgendeine strafbare Handlung vorliegt.«

Keine fünf Minuten später habe ich Luis an der Strippe. »Tut mir leid.« Er ist zerknirscht. »Ich musste den Kollegen den Sachstand mitteilen.«

»Du bist schuld, wenn ich arm bleibe!«, motze ich ihn an.

»Mach nicht so ein Theater«, entgegnet er. »Es gibt übrigens Neuigkeiten. Willst du mehr hören?«

»Nun erzähl schon«, fordere ich.

»Wir haben den Vater von Lilli gefunden.«

»Was?«, rufe ich.

»Die Kollegen haben sich in der Klinik umgehört. Deine Schwester hatte eine Beziehung zu Prof. Dr. Meinicke, ihrem Chef, und war von ihm schwanger. Er starb bei einem Unfall mit Fahrerflucht. Von dem Unfall existieren noch Textilien in der Asservatenkammer. Der DNA-Abgleich läuft.«

»Hast du ein Foto von Meinicke?«

Nach ein paar Minuten sehe ich sein Foto auf dem Monitor. Er sieht passabel aus, ist aber nicht der Mann auf dem Foto in Julias Wohnung. Ein Irrweg.

»Schade«, entfährt es mir.

»Was ist schade?«

Ich erzähle ihm von dem verschwundenen Foto des Sean-Connery-Verschnitts in Julias Wohnung.

»Wieso glaubst du, dass Julia etwas vor uns verbirgt?«, will Luis wissen.

»Nur ein Gefühl«, antworte ich. »Nichts als ein Gefühl.«

Es ist heiß in der Wohnung. Auf meinem Obst tanzen die Fruchtfliegen Tango. Ich öffne das Fenster, um sie zu verscheuchen. Draußen brennt die Sonne auf den Asphalt.

Ich träume: Ein schönes, ruhiges Hotel direkt am Genfer See würde jetzt passen. Luis und ich planschen im See, küssen uns, schauen uns in die Augen. Was für ein Kitsch!

Ich hole mir eine Flasche Tonicwater aus dem Kühlschrank und mache den Fernseher an. Nachmittagsprogramm. Ich zappe. *Killernachbarn* fesselt mich eine Weile, *Wenn Frauen töten* finde ich zu blutig, obwohl die Partner der Mörderinnen es verdient haben. Schließlich bleibe ich an der Tierdokumentation *Das geheime Leben der Tasmanischen Teufel* hängen. Kleine, aggressive Schreihälse mit furchtbaren Zähnen, die am liebsten verwesendes Fleisch fressen und dabei einen Heidenlärm machen.

Zu viel Blut in meinem Kopf. Ich muss hier raus. Durchs Treppenhausfenster sehe ich Franz Brink, den Gärtner der Orchideen. Er steht im verwilderten Gartengrundstück und schaut, ob irgendwo ein zartes grünes Etwas aus der Erde blinzelt. Doch da ist nichts. Franz Brink ist traurig, weint, taumelt durchs Unkraut und zieht die Gräser und kleinen Sträucher auseinander – auf der Suche nach seinen Frauenschuhen.

Irgendwann verschwindet er, tief gebeugt. Mir bricht das Herz, aber Tränen wollen nicht kommen.

Ich gehe nach unten in den Müllraum. Von dort aus gelangt man in den verwilderten Garten, ohne durch die Praxis zu müssen.

Nein, hier gedeihen keine Frauenschuhe. Ein Stück Urwald in der Großstadt. Was könnte man daraus machen?

Orchid-Paradise – so heißt der kleine Laden neben einem großen Baumarkt. Ich schlängele mich an Regalen mit *Phalaenopsis*-Orchideen vorbei. Sie sehen aus, als seien sie geklont, schmücken traditionell Zahnarztpraxen, Chefbüros und Damenklos, werden selten ans Licht gestellt und überstehen höchstens die erste Blüte.

»Haben Sie auch heimische Orchideen, die in der Erde wachsen?«, frage ich. »Zum Beispiel Frauenschuh?«

»Den Marienfrauenschuh hab ich da. *Cypripedium calceolus*. Die stehen kurz vor der Blüte«, antwortet der Verkäufer.

Ich kaufe drei Pflanzen.

»Die lieben halbschattige Bereiche und frische, saure Böden. Achten Sie darauf, sie nicht zu eng zu pflanzen – sie brauchen Platz.«

In der Abenddämmerung buddele ich sie in Brinks Garten ein. Hoffentlich bekomme ich mit, wenn der alte Mann sie entdeckt.

Butterbrot und Bürokratie

»Morgen in der Früh fahren wir los«, kündigt Luis telefonisch an. »Mit unserem neuen Streifenwagen FS-MAX. Zwei Kollegen werden uns begleiten. Als Schutz. Die Kollegen in Genf erwarten uns.«

»Wie bitte?«

»Alix, ich lasse nicht zu, dass du mit einem Koffer voll Geld, hinter dem vermutlich gefährliche Verbrecher her sind, aus der Bank spazierst. Das sind rund achthundert Kilometer, für die wir etwa neun Stunden brauchen. Wir starten um sechs Uhr morgens.«

Früh aufzustehen ist für mich eine Qual. Die Augen sind durch Sandmännchen verschmiert, die Gesichtshaut durch die vielen Falten im Kopfkissen ruiniert, der Geschmack im Mund irgendwie toxisch. Ich schaffe es gerade noch, eine Kurzdusche zu nehmen, die Zähne zu putzen und ein paar Sachen zusammenzuraffen.

Das Auto ist bequem und geräumig. Ich strecke mich auf der letzten Bank aus und blockiere drei Plätze. Luis legt seine Jacke über mich. Hinter Frankfurt wache ich auf. Das Auto steht vor einer Raststätte. Man reicht mir Kaffee und ein Brötchen mit Käse, dessen Ränder sich biegen.

Die Landschaft hat sich verändert. Viel mehr Wälder und Grünzeug als weiter nördlich, ich kann den Süden riechen. Der Rastplatz ist großzügig eingerichtet, mit Sportgeräten und Holzmöbeln – fast wie Urlaub neben der Autobahn.

Die Polizisten sind guter Laune. Vielleicht sind sie froh, mal etwas anderes zu sehen als das Fußballstadion, den Westfalenpark oder die nördliche Innenstadt mit ihren Problembezirken.

»Ob Luis mit der Tante was hat?«, höre ich einen fragen.

»Bestimmt«, antwortet sein Kollege und beißt in eine Frikadelle. »Der lässt doch nichts anbrennen. Erst die Suspendierung wegen der Nutte und nun hat er die Schwester des Mordopfers am Start. Man muss gönnen können.«

»Sieht ja ganz gut aus. Viel Busen und knackiger Arsch. Könnte sich mehr schminken – so um die Augen rum.«

Das ist Männerlachen: laut, fies, mit ein paar Prisen Anzüglichkeit. Aber – so viele »Komplimente« habe ich lange nicht bekommen.

Gegen fünfzehn Uhr erreichen wir die Bank. Drei Autos der *Police national de Genève* nebst bewaffnetem Personal erwarten uns. Schaulustige haben sich zusammengefunden und mutmaßen, was jetzt wohl passiert. Manche tippen auf Banküberfall. Handys werden gezückt. Ich verstecke mich zwischen Luis und einem seiner Kollegen. Warum eigentlich? Ich höre den Namen »Dortmund« und »Mord«. Und ich denke an Julia. Sie wird uns übel nehmen, dass wir sie nicht informiert haben. Das Argument, ihr den Urlaub am Meer nicht verderben zu wollen, ist keine besonders gute Ausrede.

In die Kammer mit den Safes dürfen nur ich und ein Banker. Der verschwindet, sobald das Schließfach geöffnet ist. Darin ein Koffer.

Man hat mir vorher gesagt, dass ich nichts öffnen soll, für den Fall, dass eine Sprengladung angebracht worden ist. Wie lächerlich. Meine Schwester war eine arbeitslose medizinische Fachangestellte und keine elektronisch versierte Gaunerin.

Ich trage den Koffer nach draußen. Luis nimmt ihn mir ab. »Der Koffer wird jetzt von Experten untersucht und dann öffnen wir ihn.«

»Ihr habt zu viele James-Bond-Märchen gesehen«, murmele ich.

Nach einer halben Stunde Wartezeit im Schweizer Kriminalamt bringt man uns den Koffer. Der Bankmensch ist wieder dabei. Im Koffer ein Paket, in schwarze Folie eingehüllt. Ich öffne es. Es enthält mehrere Stapel Euroscheine, die fein säuberlich mit neutralen Banderolen zusammengehalten werden.

»Na also«, sagt Luis zufrieden. Er inspiziert den Koffer, der einige Fächer hat, doch er findet nichts weiter.

Ich atme auf.

»Herzlichen Dank, die Herren«, lächele ich.

Die Scheine sind gebraucht, nicht durchnummeriert und nichts deutet darauf hin, dass sie etwas mit einer Straftat zu tun haben könnten.

»Das sind etwa dreihunderttausend Euro in bar. Keine Blüten, nicht markiert oder sonst wie gekennzeichnet«, berichtet der Bankangestellte. Als er unsere erstaunten Gesichter sieht, erläutert er: »Das hab ich im Blick.«

»Und jetzt?«, frage ich.

»Jetzt geht es nach Hause«, bestimmt Luis.

Irgendwann sind wir zurück in Dortmund. Luis stellt mir eine Quittung aus, unterschreibt sie und nimmt Kurs auf den Eingang seines Dienstsitzes – mit dem Koffer. Die Scheine sollen zunächst im Präsidium deponiert werden.

Ich folge ihm. »Warum kann ich das Geld nicht gleich mitnehmen?«

»Du befindest dich in Deutschland«, erinnert er mich. »Vor allem anderen kommt eins zuerst: die Bürokratie.«

Der Chefarzt und sein Grab

Trotz der kurzen Entfernung nehme ich ein Taxi nach Hause. Als ich vor der Haustür aussteige, steht plötzlich Branco Waremme vor mir. »Na, hattest du einen schönen Ausflug mit den Jungs von der Bullerei?« fragt er.

»Ja, es war toll«, schwärme ich. »Die Nordsee ist bei diesem Wetter unübertroffen. Und du so?«

»Nordsee?« Er schüttelt den Kopf. »Ich hab gehört, dass es in die Schweiz ging. Zu einer Bank. Um Geld zu holen. Viel Geld.«

»Deine Spione sind auch nicht mehr das, was sie mal waren.« Ich lasse ihn stehen und gehe ins Haus. Woher hat dieser Schmierenjournalist seine Infos? Warum hat niemand Interesse daran, Waremmes Spitzel bei der Polizei endlich zu enttarnen?

Ich prüfe meinen Anrufbeantworter. Eine Lokalzeitung will mich als Abonnentin werben, weil Heimatnähe so wichtig sei. Ja, leider interessieren mich aber Berichte über Schließungen und Neueröffnungen von Bistros und Kneipen so gar nicht. Auch dann nicht, wenn sie mit großen Fotos der neuen und alten Inhaber »geschmückt« werden – nach dem Motto »Große Bilder sind schnell geschrieben«.

Die ausgiebige Dusche tut gut. Nun ins Bett. Ich dämmere weg. Meine Träume sind apokalyptisch. Ich will Lilli besuchen, doch die Klinik ist verschwunden und nirgends zu finden. Reporter Waremme behauptet, etwas zu wissen, doch es entpuppt sich als Fantasie. Julia und Antonio Banderas sitzen vor meinem Bett und fragen mich, wie die Zahlenkombination für den Schweizer Safe lautet.

Ein Geräusch holt mich aus den Träumen. Es ist schrill und fordernd. Die Türklingel.

Waremme steht schon im Hausflur. »Nun hau mir nicht gleich eins in die Fresse«, sagt er und stellt den Fuß in die Tür. »Ich muss dir was sagen.«

Ich bin zu müde, um ihn die Treppe hinunterzujagen, und lasse ihn rein.

»Dann leg mal los!«, fordere ich unfreundlich.

»Es geht um Julia Bergmann«, beginnt er. »Mir ist wieder eingefallen, woher ich sie kenne. Sie hat mal an einer Beerdigung teilgenommen, bei der ich beruflich war.«

Mir geht sofort Sean Connery durch den Kopf. »Julias Mann?«, frage ich.

»Nein. Wie kommst du darauf?«

Ich berichte ihm vom Foto mit dem Trauerflor und der Ähnlichkeit mit dem Schauspieler.

Waremme ist sich sicher. »Nein, der war es nicht. Der Verstorbene sah dem Connery überhaupt nicht ähnlich. Der Typ war Chefarzt, ein Professor Meinicke. Sein Foto war in den Zeitungen, weil Unfallzeugen gesucht wurden. Er wurde überfahren und der Täter hat ihn einfach auf der Straße sterben lassen. Die Anteilnahme damals war groß.«

»Meinicke ist Lillis Vater«, entfährt es mir.

»Wie war das?« Waremme ist baff.

»Marion war seine Mitarbeiterin«, erkläre ich. »Sie hatten eine Beziehung.«

Waremme bleibt zunächst stumm, greift dann sein Tablet, tippt darauf herum und reicht es mir.

Julia steht in einer Gruppe von Menschen, ist aber eindeutig zu erkennen, was auch am güldenen Haarschnitt liegt.

An der Graböffnung weint eine Frau in Trauerkleidung. Sie

hält sich ein Taschentuch vors Gesicht. »Seine Ehefrau«, erklärt Waremme.

»Konntest du auch Marion irgendwo entdecken?«

»Nein. Ich habe alle Fotos überprüft. Da war keine Marion.«

»Sie wollte vielleicht einen Skandal vermeiden«, sage ich. »Hat Julia der Ehefrau kondoliert?«

»Sie hat sich im Hintergrund gehalten.«

Was hatte Julia auf der Beerdigung von Meinicke zu suchen und warum hat sie nie darüber gesprochen? Ich werde sie fragen, wenn sie aus dem Urlaub zurückkommt.

»Was steht morgen in der Zeitung?«, will ich wissen.

»Nichts«, behauptet er. »Was sollte ich schreiben? Alles ist so verworren. Das trägt keinen Artikel. Erzähl mir lieber, wie viel Geld du in der Schweiz gefunden hast und wem es gehört.«

»Kein Kommentar.«

»Die Polizei lädt morgen zu einer Pressekonferenz ein«, weiß Waremme. »Zum Thema: *Neue Ermittlungen im Mordfall Marion Z.* Willst du mit?«

»Wie soll das denn gehen?«

»Du bist meine Hospitantin«, grinst er. »Du willst Journalistin werden und machst ein Praktikum. Ich sage meinem Chefredakteur Bescheid, damit er dir eine Bescheinigung ausstellt. Die bringe ich morgen mit. Fünfzehn Uhr vor dem Präsidium.«

Waremme hat gelogen. Am nächsten Morgen rauscht es wieder im Blätterwald:

> ***Geld unterschlagen? – Neues aus dem Horrorhaus am Graben – Klinik-Chefarzt ist Vater des Kindes des Mordopfers Marion Z.***
> *Prof. Dr. Hanno M. hatte einen harten Arbeitstag hinter sich, als er das Klinikum verließ. Kurz bevor er den Parkplatz erreichte, wurde er von einem Auto erfasst und*

tödlich verletzt. Der Fahrer flüchtete und ist bis heute unbekannt. Manche gingen damals sogar von Mord aus. Es gibt außerdem Gerüchte, dass M. Geld unterschlagen haben soll. Ermittlungen in diese Richtung liefen allerdings ins Leere.
Fest steht allerdings: Der Tote ist der Vater des zehnjährigen Mädchens, das seine Mutter mit mehreren Messerstichen im Horrorhaus am Graben getötet haben soll. Wie die Fälle zusammenhängen, wird jetzt geprüft. Nach Exklusivinformationen unserer Zeitung soll viel Geld eine Rolle spielen. Die Polizei hat deshalb Kontakt zu einer Schweizer Bank aufgenommen.

Vertrauensfrage

Der Konferenzraum im Polizeipräsidium ist gut besucht. Das Horrorhaus am Graben scheint inzwischen auch für eine Erwähnung in überregionalen Medien und seriösen TV-Magazinen zu taugen.

Branco Waremme sitzt in der ersten Reihe, ich stehe im hinteren Teil des Raumes zwischen den Kameraleuten. Ich will nicht, dass Luis mich sieht. Nach meiner Bescheinigung hat niemand gefragt, vielleicht auch, weil ich Brancos Stativ und Lampen geschleppt habe wie eine Kabelhilfe.

Luis sitzt neben dem Oberstaatsanwalt. Er hat sich dem Anlass entsprechend gekleidet: statt T-Shirt ein Hemd mit Krawatte, statt Lederjacke ein Leinenjackett und statt Jeans eine Hose mit Bügelfalten, dazu blitzblanke Lederschuhe.

Nach der Begrüßung durch den Polizeipräsidenten berichtet der Oberstaatsanwalt zunächst von der Aktion in Genf. Der Koffer aus dem Safe liegt auf dem Tisch.

»Dürfen wir uns was rausnehmen?«, witzelt ein Schreiberling.

Lahmes Lachen.

»Das Mordopfer Marion Z. hat den Inhalt des Koffers an seine Schwester und seine Tochter vererbt. Es handelt sich um eine Summe von dreihunderttausend Euro, deren Herkunft noch nicht geklärt ist«, bringt Luis sich ein. »Bei der Gelegenheit möchte ich gleich Spekulationen entgegentreten. Es geht das Gerücht, dass das Geld aus einer Unterschlagung stammt, von der das Städtische Klinikum betroffen war. Dafür gibt es keine Anhaltspunkte.«

»Dann darf die Schwester die Hälfte des Geldes behalten?«

»Ja – wenn sich nicht herausstellt, dass das Geld aus einer Straftat hervorgeht.«

»So eine Schwester hätte ich auch gern!«, ruft jemand.

»Ich bitte Sie, unterlassen Sie derartige Kommentare«, schnarrt der Staatsanwalt.

»Kann es nicht das unterschlagene Geld dieses Priesters sein, der sich im Horrorhaus erhängt hat? Der mit der Spielsucht?«, fragt Waremme.

»Nein, ausgeschlossen. Das passt zeitlich nicht«, antwortet Luis. »Der Koffer befindet sich seit etwa fünf Jahren in der Genfer Bank, die Kirche hat dem Monsignore erst in diesem Jahr Geld gegeben, damit er seine Gläubiger auszahlen kann.«

»Was er nicht getan hat«, vervollständigt der Polizeichef den Satz. »Wir ermitteln natürlich weiter, wo dieses Geld geblieben ist.«

Die Journalisten stellen noch einige Fragen und suchen sich dann ihre Interviewpartner aus.

Soweit ich es verfolgen kann, macht Luis seine Sache sehr gut. Kritische Fragen zur Arbeit der Polizei pariert er sachlich und ruhig.

Langsam leert sich der Saal. Ich packe Waremmes Kram zusammen.

»Na, bist du zufrieden mit mir?«, fragt Luis. Er steht plötzlich hinter mir. Er duftet nach Rasierwasser, sein schwarzer Bart glänzt und die Haare sind genau so lang, wie ich es bei einem Mann leiden kann.

»Hast du gut gemacht«, gebe ich zu. »Wunderst du dich nicht, dass ich hier bin?«

»Nein. Waremme hat dich angemeldet. Als Praktikantin. Ich bekomme vor so einer Veranstaltung die Liste mit den akkreditierten Journalisten. Aber du hättest mir ruhig erzählen können, dass du hier auftauchst«, sagt er ernst. »Warum hast du kein Vertrauen zu mir?«

Er lässt mich stehen. Ich schau ihm nach und bin ziemlich perplex.

Hundert Sekunden

Ich vergrabe mich in meiner Wohnung. Luis' Frage hat mich traurig gemacht. Aber er hat recht. Ich vertraue niemandem, noch nicht mal mir selbst. Vertrauen kann schön sein, aber auch schrecklich, wenn derjenige es missbraucht. Dann bist du hilflos. Vielleicht auch am Ende.

Ich will aber nicht am Ende sein. Ich will mir das neue Leben aufbauen, das sich Marion gewünscht hat. Für mich und Lilli. Mein Literaturstudium hat mich nicht weitergebracht, ein Informatikstudium hätte sich vermutlich mehr ausbezahlt. Aber Zahlen liegen mir nicht. Als Schülerin habe ich jahrelang geglaubt, dass eine Minute aus hundert Sekunden besteht.

Ich lasse die Rollläden herunter und schmeiße mich in meine Gammelklamotten. Die Welt soll mir gestohlen bleiben.

Wenn ich Marions Geld behalten darf, beantrage ich die Vormundschaft für Lilli und fange mit ihr irgendwo anders ein ganz neues Leben an.

Waremmes Artikel steht zwei Stunden später im Netz. Die kommentierenden Leser überschlagen sich mit Mutmaßungen über die Herkunft des Geldes und nach den Mördern von Marion und Meinicke. Die TV-Leute haben von einem Schweizer Sender Filmmaterial angekauft, auf dem auch ich zu sehen bin, wie ich – leicht verschlafen – hinter Luis hertrotte.

Das Telefon klingelt. Die Nummer ist mir unbekannt. Ich warte, bis der Anrufbeantworter anspringt.

»Hier ist Julia! Ruf mich bitte zurück! Auf meinem Handy!«

Es klingt wie ein Befehl.

Sie wird sauer sein, weil ich ihr nichts von dem Genfer Ausflug und dem Geld erzählt habe.

Ich wähle ihre Nummer. »Hallo, Julia, wie geht es dir? Erholst du dich etwas?«

»Ich bemühe mich, liebe Alix.« Ihre Stimme ist leise, als würde sie ihre Wut unterdrücken.

»Ist es nicht toll, dass mir meine Schwester so viel Geld hinterlassen hat?«

»Wenn du es behalten darfst.«

»Bisher spricht nichts dagegen«, entgegne ich. »Die Polizei hat keinen Anhaltspunkt für eine Straftat gefunden.«

»Schön für dich. Warum hast du mir nichts gesagt?«

»Es ging alles so schnell. Außerdem wollte ich dich nicht im Urlaub stören. Wie ist es denn so am Meer?«

»Wie es eben so ist am Meer«, antwortet sie. »Die Luft ist salzig, der Wind kühl und die Leute ziehen einem das Geld aus der Tasche. In dem Häuschen, das ich gemietet habe, treffen sich Kellerasseln jede Nacht zum Tango und eine Tasse Kaffee kostet fünf Euro. So sieht kein Urlaub aus.«

»Dann komm doch zurück«, sage ich.

»Mach ich. Gehöre ich denn noch dazu?«

»Wozu?«

»Zu unserem Team?«

»Natürlich!« Ich versuche, meiner Stimme einen ehrlich-empörten Ton zu geben. Gut, dass sie mich nicht sehen kann.

Lilli will umziehen

Besuchstag bei Lilli. Sie wohnt weiterhin in der Kinderpsychiatrie, wird aber jeden Tag in die Gesamtschule gebracht. Sie ist ein Stück gewachsen. Zum ersten Mal fällt mir auf, dass der kindliche Ausdruck in ihrem Gesichtchen einem zarten Jungmädchen-Look gewichen ist. Sie wird eine bildschöne Frau werden.

Ich spreche mit dem Arzt. Er ist zufrieden mit Lillis Entwicklung und stellt eine Entlassung aus der Klinik in Aussicht.

»Ich habe mir überlegt, dass ich es versuchen will«, erkläre ich. »Sie kann bei mir wohnen.«

»Sind Sie sicher?« Er schaut skeptisch.

»Ich werde das noch mit dem Jugendamt besprechen«, kündige ich an. »Ihre Mutter hat mich in einem Video gebeten, dass ich es versuchen soll.«

Dr. Rosenblatt sagt: »Ist es die Erbschaft, die Sie umgestimmt hat?«

»Nein, mir geht es nicht ums Geld«, widerspreche ich. »Ich weiß einfach nicht, was so ein Kind braucht. Aber ich bin lernfähig.«

»Eine Pflegefamilie wäre auch eine Alternative – aber das wissen Sie ja schon. Ich würde sie vorübergehend in meine Wohngruppe aufnehmen, die ich seit Jahren zusammen mit meiner Frau in meinem Privathaus betreue.«

»Ich will zu Alix«, sagt eine Stimme.

Wir haben Lilli nicht bemerkt, die sich in den Besprechungsraum geschlichen hat.

Der Arzt ist irritiert, fängt sich aber. »Das ist schön, Lilli«, sagt er.

Das Kind sieht mich erwartungsvoll an.

»Wir versuchen es«, verspreche ich.

»Dann sehe ich auch Toni wieder«, freut sie sich.

Ich verschweige ihr, dass der Vogel nicht mehr da ist.

»Und ich helfe dem alten Mann bei den Frauenschuhen«, redet sie weiter.

»Die Frauenschuhe blühen jetzt«, lächele ich. »Endlich hat es geklappt.«

»Und ich kann die schöne Geigenmusik von Simon wieder hören.« Sie summt eine Melodie.

»Du wirst auch Julia wiedersehen«, sage ich. »Sie vermisst dich sehr. Du erinnerst dich doch an sie, oder?«

»Ja, natürlich. Sie hat mir oft Essen gegeben, wenn die Mama geschlafen hat.«

Rosenblatt schaut mich fragend an.

»Wann darf ich zu dir kommen?«, fragt Lilli und nimmt meine Hand.

»Ich regele das mit dem Jugendamt, wann du zu mir ziehen kannst«, antworte ich. »Wir zwei werden es schon miteinander aushalten.«

Einer mit Biss

Luis bringt die Nachricht, dass das Gericht endlich einer Hausdurchsuchung bei Oskar Hansen zugestimmt hat. Die Staatsanwaltschaft hat sie beantragt, weil man den Nerd verdächtigt, die Spionagekameras in den Wohnungen installiert und benutzt zu haben.

»Unser Rechtssystem ist faul, kompliziert und bürokratisiert bis zum Erbrechen«, klagt Luis. »Der Antrag auf Hausdurchsuchung lag mehrere Wochen bei Gericht. Das weiß auch der Anwalt des Verdächtigen. Jetzt rate mal, wozu das führt?«

Er wartet meine Antwort nicht ab. »Der Beschuldigte hatte genug Zeit, um alles zu beseitigen, was ihn belasten könnte. Und wir stehen wieder da wie die Idioten.«

»Lass uns mit Waremme zusammenarbeiten«, schlage ich vor. »Er kann recherchieren und muss sich nicht an dämliche Gesetze halten. Er ist clever und wie ein Terrier, der sich festbeißt und nie aufgibt, wenn er eine Spur verfolgt. So einen brauchen wir.«

»Du änderst deine Meinung aber schnell«, stellt Luis fest. »Zuletzt hieß es noch, Waremme sei anstrengend und übergriffig.«

»Aber er macht einen guten Job«, widerspreche ich. »Er hat Biss und muss keine Vorschriften beachten, weil die Presse in unserem demokratischen Staat frei ist. Er muss seine Informanten nicht nennen.«

»Danke, Frau Lehrerin«, blafft er.

»Gerne«, gebe ich zurück. »Hätte ja sein können, dass du im Politikunterricht gefehlt hast.«

Luis versteht die Ironie und verdreht die Augen nach oben. »Hinter welcher Spur schnüffelt er denn gerade her?«

»Er hat Julia auf einem Foto von Meinickes Beerdigung entdeckt«, entgegne ich.

Julia ist schneller zurück, als ich erwartet habe. Sie verfrachtet ihre beiden Koffer in den Aufzug, als ich vom Einkaufen komme.

»Da bin ich wieder«, begrüßt sie mich. »Willst du mitfahren?«

Ich quetsche mich zwischen die Koffer.

»Du musst mir erzählen, was inzwischen passiert ist«, lächelt sie. »Und zwar alle Details. Besonders die schönen. Bist du jetzt mit Luis zusammen?«

Ich drücke den Knopf. »Wir sind gute Freunde – wie vorher auch.«

In der vierten Etage will ich aussteigen.

»Komm, ich mach uns Kaffee«, sagt sie und drückt auf die Fünf. »Ich bin so gespannt, was du mir zu berichten hast.«

Ich füge mich. Schließlich habe ich auch einige Fragen an sie.

In Julias Wohnung ist es stickig. Sie öffnet die Fenster.

»Ich hätte durchlüften sollen«, gebe ich zu. »Aber deine Pflanzen habe ich regelmäßig gegossen.«

»Alles ist gut«, lächelt sie. »Magst du Seesterne?« Sie wühlt in ihrem Koffer.

»Lebende?«

»Nein, aus Schokolade.«

Wir lachen. Es ist ein verkrampftes Lachen.

Die Seesterne haben gelitten, die meisten Spitzen der fünf Arme sind abgebrochen. Sie schmecken dennoch.

»Dass der tote Chefarzt Lillis Vater ist, weiß ich ja aus den Medien«, beginnt Julia. »Wie hieß er noch?«

»Professor Dr. Meinicke«, antworte ich.

Sie zuckt nicht mit der Wimper.

»Sagt dir der Name was?«, hake ich nach.

Sie verneint.

»Und warum warst du dann bei Meinickes Beerdigung?«

Sie schaut erstaunt. »Wie kommst du darauf?«

Ich ziehe einen Ausdruck von Waremmes Foto aus der Tasche und reiche ihn ihr.

»Ich kann mich nicht daran erinnern.« Sie gibt mir das Foto zurück. »Aber die Frau sieht nur aus wie ich. Ich habe offenbar eine Doppelgängerin. Ich werde meine Frisur ändern müssen.« Sie lacht, spielt nervös mit ihren blondierten Haaren. »Magst du noch ein Seesternchen?«

»Gerne.«

Wir schweigen. Die Luft ist vergiftet. Die Gemälde von englischen Seelandschaften und schottischen Viehweiden an den Wänden wirken dunkel und bedrohlich und das Stöhnen der Kaffeemaschine erscheint mir wie ein Schrei nach der Wahrheit.

»Weißt du schon, ob du die dreihunderttausend Euro behalten darfst?«, fragt sie.

»Hundertfünfzigtausend. Lilli erbt die andere Hälfte.«

»Und was wird aus Lilli?«

»Wenn das Jugendamt einverstanden ist, übernehme ich die Vormundschaft für sie«, antworte ich.

»Wie schön«, sagt Julia. »Dann haben wir ja erreicht, was wir wollten, oder?«

»Wir haben noch nicht bewiesen, dass Lilli unschuldig ist. Du erinnerst dich?«

»Ja.« Sie sieht mich direkt an. »Aber was bedeutet die ganze Wahrheit, wenn die halbe Wahrheit dir ein sorgenfreies und entspanntes Leben garantiert?«

»Ich will nicht, dass Lilli später als Muttermörderin dasteht.«

»Alix, das wünsche ich ihr auch nicht. Aber irgendwann wird Gras über die Sache wachsen. Sorg dafür, dass sie – trotz ihres Handicaps – ein normales Leben führen kann. Das Erbe wird euch dabei helfen.«

Nerd im Rampenlicht

In den nächsten Tagen macht Branco Waremme den Ermittlungsbehörden die Hölle heiß. Obwohl die Staatsanwaltschaft nach der Hausdurchsuchung bei Oskar Hansen aus ermittlungstaktischen Gründen keine Pressemitteilung herausgegeben hat, steht das Ergebnis eines Morgens auf der Homepage von Waremmes Zeitung – als Exklusivbericht:

> ***Neuer Skandal um Horrorhaus am Graben – Spionagekameras in Rauchmeldern – Mieter festgenommen***
> *Ein Mord, ein Suizid, zwei Einbrüche … Dies alles ist im Horrorhaus am Graben in den letzten Wochen geschehen. Damit nicht genug: Ein Mieter hat einige Mitbewohner mit versteckten Kameras ausspioniert. In Verdacht steht Oskar H., ein 26-jähriger Computerexperte.*
> *Nach exklusiven Informationen unserer Zeitung sollen zahlreiche Dateien gesichert worden sein. Was die Filme zeigen, ist noch unbekannt.*
> *Die Sonderkommission hofft, Videos der Vorfälle zu finden, die dem Haus in den letzten Wochen den Namen »Horrorhaus« beschert haben. Es wäre zu wünschen, dass die Polizei ihre Ermittlungen verschärft, um die Aufklärung der Straftaten um das Haus am Graben zu beschleunigen.*
> *Wir berichten weiter.*

Ich rufe Luis an. Er ist nicht erfreut über Waremmes Artikel.

»Ihr sollt euch bei den Ermittlungen mehr anstrengen, steht in der Zeitung.«

Er registriert meine leichte Häme. »Wir haben bei Hansen einen Server gefunden, auf dem sich das Filmmaterial befindet. Leider ist er mit einem Passwort geschützt, das wir nicht kennen. Noch nicht. Ich habe bei der Staatsanwaltschaft nachgefragt, ob wir Hansen einen Deal anbieten dürfen. Er verrät uns das Passwort und bekommt dafür nur eine Bewährungsstrafe.«

»Gutes Angebot«, lobe ich. »Wie in US-Soaps.«

»Ich muss zurück an die Arbeit. Aber hast du Lust auf ein gemeinsames Abendessen? Ich bringe Pizza mit.«

»Ja. Salami, dünner Teig, kross gebacken und vorgeschnitten.«

Ich liebe Pizza Salami. Aber wie immer im Leben kommt es auf die Details an. Sie muss duften, wenn die Schachtel geöffnet wird. Die Salami darf nicht zu große Speckstücke haben und muss leicht glänzen. Der Mozzarella sollte nicht zu verlaufen sein, sodass man die Salami noch erkennt. Der Rand sollte kross und dunkelbraun sein und der Teig sehr dünn. Dann ist Pizza ein wirklicher Genuss. Ach ja, Oregano darf nicht fehlen. Viele Pizzerien lassen die Kräuter weg, aber ich habe immer eine getrocknete Portion zu Hause, die ich großzügig verstreuen kann.

Ich erinnere mich an ein Manuskript, das mir vor Jahren zum Lektorat angeboten worden ist: *Tödliche Pizza*. Ein psychisch gestörter Pizzabote missbraucht seinen Job, um alleinstehende Frauen zu töten, die Pizza Salami bestellt haben. Ich habe das Buch bearbeitet, doch es ist nie gedruckt worden, was nach Meinung des Autors natürlich meine Schuld war.

Luis trägt zwei Schachteln in die Wohnung. Ich habe den Tisch gedeckt, Gläser und Wein hingestellt. Ich freue mich, ihn zu sehen.

Er wirkt müde. An seinen Schläfen sprießen graue Haare, die ich zuvor nicht bemerkt habe.

»Dieser Hansen ist ein armer Wurm«, erzählt er, schenkt uns Wein ein und schneidet mit dem Taschenmesser die Ränder der Pappkartons ab. Typisch Junggeselle. So muss man keine Teller abwaschen.

Wir setzen uns. »Ist er auf den Deal eingegangen?«

»Ja, wir haben das Passwort und er bekommt eine Bewährungsstrafe oder wird erst gar nicht angeklagt«, antwortet Luis. »Wenn die Videos alle harmlos sind, bleibt es wohl bei einer Geldbuße. Ohne Prozess.«

Die Pizza ist nicht vorgeschnitten, steinhart und meine Messer sind stumpf. Wir schneiden, essen und reden nicht.

»Hast du schon ein paar der Videos gesehen?«, frage ich und schiebe den Karton weg.

»Ja. Die meisten Aufnahmen hat Hansen wohl von Babygirl gemacht. Beim Ankleiden. Beim Duschen. Und bei der Arbeit mit ihren Freiern. Das ist verboten, weil es den höchstpersönlichen Lebensbereich des Gefilmten verletzt, so steht es im Strafgesetzbuch.« Er unterdrückt ein Gähnen. »Und bevor du fragst: Nein, mein Besuch bei Irina ist anscheinend nicht gefilmt worden.«

»Du bist müde.«

»Soll ich gehen?«

»Du bist zu betrunken«, antworte ich. »Leg dich hin und schlaf eine Runde.«

»In deinem Bett?«, lächelt er.

»Nein, das ist tabu. Ab mit dir aufs Sofa!«

Am Morgen lasse ich ihn schlafen. Ich dusche, werfe mich in Jogginghose und T-Shirt und verlasse das Haus, um Brötchen zu holen.

Die Straße vor dem Haus ist verstopft, Paketdienste mit Warnblinkanlagen, Lieferfirmen und Handwerkerautos blockieren sich gegenseitig. Radfahrer fühlen sich bedroht und brüllen herum, Fußgänger schlängeln sich durch die Lücken.

Vor der Bäckerei hat sich eine lange Schlange gebildet. Die Leute nutzen die Wartezeit zu einem Schwätzchen. Bei einigen ist das Haus am Graben Thema. Waremmes Artikel über die Spionagekameras hat manche in Unruhe versetzt, sie sehen die Demokratie und die Privatsphäre verletzt, andere malen sich aus, was die Filme wohl zeigen. Der Name Babygirl fällt: Startschuss für einige schlüpfrige Bemerkungen und Gesten.

Luis wartet mit nassen Haaren auf sein Frühstück. Den Kaffee hat er schon gekocht und die Betten sind gemacht.

»Wow! Hast du noch andere Begabungen?«, frage ich.

»Allerdings«, strahlt er. »Soll ich es dir beweisen?«

»Erst frühstücken, dann sehen wir vielleicht weiter.«

Doch dazu kommt es nicht. Ein Anruf aus dem Präsidium erreicht ihn.

»Es sind inzwischen doch Videos gefunden worden, die für unseren Fall interessant sein könnten«, informiert er mich. »Ich rufe dich an, wenn ich Zeit habe.«

»Mach dir keinen Stress«, entgegne ich. »Wenn es mit dem Anruf nicht klappt, kann ich am Abend ins Internet gehen und mir Waremmes Artikel durchlesen. Der sitzt ja bei euch an der Quelle.«

Natürlich warte ich den ganzen Tag auf Nachricht von Luis, weil ich es vor Spannung kaum aushalten kann. Waremmes unbekannte Plaudertasche im Polizeipräsidium scheint krank, in Urlaub, tot oder sonst wie unpässlich zu sein, denn in seinem Boulevardblatt ist das Haus am Graben heute kein Thema.

Ich putze meine Wohnung, um mich abzulenken, lese ein mir zugesandtes Manuskript quer, in dem ein junger Mann sich in den Zentralrechner der NASA einhackt, Hilferufe an Außerirdische schickt, die ihn in eine Galaxie beamen, wo ein Professor für frühgermanische Geschichte über ein Volk von glatzköpfigen Frauen mit Migrationshintergrund herrscht.

Am Nachmittag kommt der Postbote mit einem Einschreiben vom Jugendamt. Man hat meinen Antrag auf Vormundschaft für meine Nichte Lilli ans Gericht geschickt und eine positive Prognose abgegeben. Bald könnte ich also Mutter sein und mir wird bei dieser Vorstellung angst und bange.

Was schreibt sie auf?

Luis hat eins der Videos mitgebracht. Ich sehe: Marion auf dem Sofa in ihrem Wohnzimmer. Sie trägt einen Morgenmantel. Das Licht fällt durchs Fenster, sodass ihr Gesicht nur schemenhaft zu erkennen ist. Vor ihr ein niedriger Tisch mit einem Glas Tee. Auf einem Sessel sitzt ein Mann.

Ich erkenne ihn sofort. Es ist Peter Schlotterbeck, der ehemalige Boss der Bandidos, durch Thrombose und andere Zipperlein nicht mehr aktiv im Milieu. Neben Schlotterbeck steht der Rollator.

Die Stimmung am Tisch scheint entspannt zu sein. Neben Marion liegt ein Block, auf dem sie sich Notizen macht. Offensichtlich schreibt sie das auf, was Schlotterbeck ihr erzählt, denn sie schaut immer wieder zu ihm, nickt und schreibt weiter.

»Was, zum Teufel, hat Marion mit ihm zu schaffen gehabt? Von wann ist das Video?«, frage ich.

»Das ist etwa fünf Jahre her. Kurz danach hat deine Schwester ihr Geld in der Schweizer Bank deponiert. Vielleicht hat Schlotterbeck ihr dabei geholfen. Er wird gerade von den Kollegen in seiner Wohnung befragt.«

»Na toll«, entgegne ich. »Hoffentlich verhindert er mit seiner Aussage nicht, dass Lilli und ich das Geld erben können.«

»Wir sind verpflichtet, der Wahrheit auf den Grund zu gehen«, erinnert mich Luis. »Und wir müssen uns an die Gesetze halten.«

»Vielen Dank für die Belehrung, Herr Hauptkommissar!«, zicke ich.

»Gern geschehen«, lächelt er. »Übrigens: Dein neuer Freund, der Klatschreporter, lauert vor dem Haus.«

Ich gehe zum Fenster. In der Parkbucht steht Branco Waremmes Angeberkarre.

»Er hat uns vor dem Präsidium aufgelauert und ist uns gefolgt. Der Kerl ist wirklich eine Plage.«

»Irgendeiner muss euch ja Beine machen«, muffele ich. »Sonst warte ich noch bis zum Sankt-Nimmerleins-Tag auf meine Kohle.«

Luis lacht. »Weißt du, was das Schönste an dir ist?«

»Mein Verstand?«

»Nein.«

»Mein erotischer Körper?«

»Das kann ich noch nicht beurteilen.«

»Mein liebevoller Charakter?«

»Den hab ich noch nicht bemerkt.«

»Nun sag schon!«

»Das Schönste an dir ist deine rechthaberische, arrogante und direkte Art. Es gibt nichts Schlimmeres als schwache, devote und manipulierbare Frauen.«

»Luis, das war ja fast eine Liebeserklärung«, rufe ich aus. »Was ist bloß los mit dir?«

Er kommt auf mich zu. »Weißt du das immer noch nicht?«

Eins in die Fresse

Luis' Kollegen haben die Befragung von Schlotterbeck beendet und verlassen die Wohnung im zweiten Stock. Ich lausche im Treppenhaus und versuche, ein paar Infos aufzuschnappen. Immerhin haben die Polizisten Schlotterbeck nicht mitgenommen, sondern in der Wohnung gelassen. Daraus schließe ich, dass die Vernehmung des alten Bandidos nichts Wichtiges hervorgebracht hat. Aber das kann ich mir ja aus erster Hand bestätigen lassen.

Mit Grummeln im Bauch klingele ich bei Schlotterbeck. Es dauert eine Weile, bis sich die Tür öffnet. Schlotterbeck steckt den Kopf durch die Spalte. Er trägt einen alten gestreiften Bademantel und sieht nicht besonders frisch aus.

»Hallo, Herr Schlotterbeck, ich bin die Schwester von Marion Ziegler. Darf ich reinkommen?«

»Ich weiß, wer Sie sind«, sagt er. »Halten Sie mich für dement?«

Er drückt die Tür weiter auf und lässt mich hinein.

»Das trifft sich ja gut!«, ruft jemand. Waremme.

Er ist die Treppe hochgelaufen und steht hinter mir.

»Hallo, Alix«, strahlt er, »schön, dich zu sehen.« Er gibt mir einen Kuss auf die Wange. Ich bin völlig perplex.

»Guten Tag, Herr Schlotterbeck. Ich bin von der Presse. Darf ich an eurem Gespräch teilnehmen?«

Er wartet die Antwort nicht ab, sondern drängelt sich in die Wohnung.

»Schön haben Sie es hier!«, dröhnt Waremme. »Geile Fotos von geilen Maschinen und Mäusen. Echt der Hammer!«

Er deutet auf die Wand und die Türen, die mit Fotos aus Schlotterbecks Rocker-Vergangenheit zugeklebt sind. Motorräder einzeln und mit Kerlen drauf, Fotos von Ausflügen, sich räkelnde, leicht bekleidete Mädels, die sich gegen die Maschinen lehnen – Altmänner-Romantik vom Feinsten.

»*Pistol-Pete* – Häuptling der Bandidos!«, lacht der Reporter. »Ist aber schon eine ganze Weile her, oder? Vor dem Zweiten Weltkrieg – oder war es der Erste?«

»Was geht dich das an?«, fragt Schlotterbeck. Sein Gesicht ist gerötet, die Fäuste sind geballt und die Augen zu Schlitzen verengt. Der Oberkörper ist massig und muskulös, die Beine mit Bandagen umwickelt und der Schritt unsicher.

Gleich explodiert er, denke ich.

»Ich dachte, wir wollten reden«, werfe ich – fast schüchtern – ein.

»Genau«, lächelt Waremme rotzfrech. »Hast du ein Bierchen da, Herr Dr. Bandido?«

Schlotterbeck lässt seine Faust nach vorn schnellen. Sie trifft Waremmes Nase. Der stößt einen Schrei aus und fällt um. Ich helfe ihm wieder auf.

Der Bandido ist noch in Angriffshaltung. Ich ziehe ein Papiertuch aus meiner Tasche und drücke es dem Reporter unter die Nasenlöcher.

»Steig in deine Karre und verpiss dich«, rate ich ihm. »Wir reden später miteinander. Und nimm deine Brocken mit.«

Er greift nach der Kameratasche, die auf den Boden geknallt ist, und trollt sich – leise jammernd. Schlotterbeck sieht ihm schmunzelnd nach.

»Musste das jetzt sein?«, frage ich.

»Musste sein. Außerdem weiß ich jetzt, dass ich es noch kann.«

Ich folge ihm durch den schmalen Flur in ein großes Zimmer, das besser eingerichtet ist, als ich es erwartet habe. Schrankwand, Klubgarnitur, Couchtisch, Raumtrenner, Bett und Riesen-TV. Kein Sperrmüllstyle, sondern aktueller Ikea-Chic.

In einer Ecke leere Bierflaschen und ein Zeitschriftenstapel. Das *Motorrad-Magazin* obenauf.

»Sie wollen wissen, was mich die Bullen gefragt haben, oder?«

Ich nicke.

»Bierchen?«

»Mag ich nicht.«

»Oho! Das Fräulein steht wohl eher auf Schampus, was?«

»Genau. Hat die Polizei Ihnen das Video gezeigt? Sie und meine Schwester an einem Tisch im Gespräch?«

Er knackt eine Pulle Pils auf. »Ja klar. Es ist doch wohl eine Sauerei, dass dieses Babyface davon verbotene Filmaufnahmen gemacht hat.«

»Was hatten Sie beide denn zu bereden?«

Er nimmt einen sehr kräftigen Schluck aus der Pulle, wischt sich den Schaum mit dem Handrücken ab und sagt: »Sie hatte einen guten Lauf in der Hohensyburger Spielbank und Geld gewonnen. Sie wollte von mir wissen, wo sie die Kohle am besten versteckt.«

»Vor wem?«

»Steuer, Verwandte, Neider … was weiß ich? Die Aufnahme ist ja schon ein paar Jährchen alt.«

»Warum ist sie damit ausgerechnet zu Ihnen gegangen? Sie haben doch sicher einige unschöne Einträge über Diebstähle und so weiter im Strafregister.«

»Na, na …! Die Marion und ich waren befreundet«, empört er sich. »Ich hätte ihr nie was antun können. Sie und Julia haben meiner alten Mutter geholfen, als ich im Knast saß. Sie haben verhindert, dass sie elendig verreckt ist – das hab ich nicht vergessen.«

»Hat Marion Ihnen erzählt, wie hoch die Summe war, die sie verstecken wollte?«

»Ein paar Hunderttausend Schleifen«, antwortet er. »Die genaue Summe kenne ich nicht und ich hab auch nicht weiter gefragt.«

»Sollte ich sonst noch was wissen?«, frage ich.

»Nö. Erben Sie das jetzt alles?«

»Das weiß ich noch nicht.«

»Fragen Sie mich, wenn Sie Tipps brauchen«, grinst er. »Ich hab noch immer gute Connections und Infos, wo Sie investieren sollten.«

Gute Nachrichten

Marion hat also in der Spielbank Glück gehabt. Ich hätte mit allem gerechnet, aber nicht damit. Meine Chance auf eine Erbschaft dürfte damit gewachsen sein. Eine Kurzrecherche im Internet ergibt, dass Spielbankgewinne grundsätzlich steuerfrei sind. Das Geld stammt also nicht aus einem Verbrechen.

Ich google weiter. Muss man seinen Namen angeben, wenn man ein Casino betritt und dort spielt? Ja, man wird registriert und kauft eine Eintrittskarte. Dann kauft man sich die Chips und spielt. Nicht registriert wird, wer, wo, wie viel jemand gewinnt. Also hat Marion die Chips in Geld verwandelt und die Spielbank mit einer Tasche voller Scheine verlassen können, ohne dass dies registriert wurde.

Das Einzige, was die Polizei erfahren kann, ist demnach, dass Marion Roulette gespielt hat, aber nicht, ob sie gewonnen hat.

Waremmes Artikel erscheint wieder mal exklusiv.

Polizeiaktion im Horrorhaus am Graben: Ist Bandido »Pistol-Pete« in die Morde verwickelt?

Vor zwanzig Jahren war Peter Sch. (67) eine große Nummer in der Rockerszene der Stadt: Er befehligte zahlreiche Mitglieder einer Motorradgang, war Auftraggeber von kriminellen Aktionen wie Schutzgelderpressung, Überfällen, Körperverletzungen bis hin zum Mord. Ein tödlicher Rockerkrieg zwischen Hells Angels und Bandidos brachte Sch. kurzzeitig in den Knast – man konnte ihm

aber die meisten schweren Straftaten nicht nachweisen. Zwei Rocker aus beiden Clans starben, tätowierte Gliedmaßen schwammen im Dortmunder Hafenbecken. Die Bandidos wurden in einigen Städten in NRW verboten, die Mitglieder schlossen sich anderen Rockerbanden an. Später erkrankte Bandido-Boss Sch. und heute braucht er einen Rollator, um sich fortzubewegen.
Er wohnt seit Jahren in dem Horrorhaus am Graben, lebt von Hartz IV und scheint dem Verbrechen abgeschworen zu haben. Doch heute tauchten Beamte von der Sonderkommission bei ihm auf und stellten ihm Fragen zum Mord an Marion Z. Morgen berichten wir weiter in unserer Printausgabe.

Na ja, viel ist es nicht, was Waremme über Schlotterbeck ausgegraben hat.

Es klingelt an der Tür. Ich hoffe auf Luis, doch es ist schon wieder Waremme. Er will wissen, was mir der Bandido erzählt hat.

»Frag doch deinen Spion bei den Bullen«, rate ich ihm.

»Geht nicht«, behauptet er. »Der hat Schiss gekriegt, weil dein Hauptkommissar eine Dienstaufsichtsbeschwerde gegen unbekannt eingeleitet hat. So ein Spielverderber!«

»Heul doch!«

»Hab ich schon.«

»Nun komm endlich rein.«

Das lässt er sich nicht zweimal sagen.

»Was willst du noch?«, frage ich.

»Unser Nerd ist raus aus der U-Haft«, antwortet er. »Er hat gestanden, dass er diese Videos gemacht hat – zu privaten Zwecken. Angeblich hat er sie niemandem gezeigt oder sie ins Internet gestellt, noch nicht mal die heißen Dinger mit der Nutte. Ihm droht jetzt ein Prozess wegen Verletzung des höchstpersönlichen

Lebensbereichs durch Bildaufnahmen. Das kann ihm zwei Jahre Knast einbringen. Da keine Fluchtgefahr besteht, darf er bis zu seinem Prozess in Freiheit bleiben. Und jetzt kommt es.«

Ich drehe die Augen nach oben und erwarte eine Nullnummer.

»Der Nerd hat etwas in der Wohnung deiner Schwester aufgenommen. Und die Szene hat es in sich.«

»Hast du das gesehen?«

»Nein, die Videos sind ja noch bei den Bullen. Aber der Nerd hat mir die Szene genau beschrieben.«

»Und?« Die Spannung schnürt mir fast die Kehle zu.

Waremme räuspert sich langwierig. Er will seinen Triumph genießen und seinen Exklusivknaller feiern.

»Willst du das wirklich wissen?«, fragt er.

»Geh mir nicht auf die Nerven!«, rufe ich.

»Angeblich zeigt das Video den Mord an deiner Schwester.«

Ich warte und denke: Wenn er mich jetzt foppt, werfe ich ihn aus dem Fenster.

»Der Film soll Lilli zeigen, wie sie deiner Schwester das Messer in den Bauch rammt. Mehrfach. So, so und so.« Er hebt den Arm und stößt mit einem imaginären Messer in die Luft.

Mir bleibt die Luft weg.

»Der lügt doch«, krächze ich. »Er will den Bullen helfen, damit die Strafe milder ausfällt und sie den Mordfall endgültig ad acta legen können.«

»An so was denkt dieser Typ nicht«, widerspricht Waremme. »Der schlottert vor Angst, dass er in den Knast muss. Ich bin mir sicher, dass das Video existiert. So viel Fantasie hat der nicht, um sich das auszudenken.«

»Was willst du jetzt machen?«, frage ich.

»Schreiben, schreiben und nochmals schreiben«, antwortet er.

»Du solltest Hauptkommissar Wunderlich informieren«, rate ich ihm.

»Dein Lieblingsbulle liest doch unser Drecksblatt – so nennt er das ja immer – und dann hat er seine Infos. Du kannst ihn aber gern anrufen, ich bin sowieso schneller. In einer Stunde steht der Artikel online.«

Natürlich rufe ich Luis an, doch er wimmelt mich ab, weil er gerade in einer Besprechung sitzt.

Ich schreibe ihm eine WhatsApp: *Waremme behauptet, Hansen habe den Mord an Marion gefilmt. Was ist da dran?*

Eine zweite Person

Endlich meldet sich Luis. »Wir haben das Video angeschaut. Der Film stammt aus der Kamera, die in Marions Rauchmelder installiert war. Kannst du ins Präsidium kommen?«

Der Weg zur Polizei ist verstopft und ich komme nur schrittweise voran. Borussia Dortmund spielt am Abend und die Fans sind auf der Suche nach kostenlosen Parkplätzen.

Meine Hände können das Steuer kaum halten, in meinem Kopf pocht es und mein Magen tut weh. Als mir ein Kind fast mit einem Roller vors Auto fährt, hupe ich wütend. Eine Frau schimpft in meine Richtung.

Schließlich erreiche ich den Parkplatz vor der Polizeizentrale. An der Pforte weiß man Bescheid und schickt mich weiter.

Atemlos erreiche ich Luis' Büro.

»Straßen zu, Völkerwanderung zum Stadion«, erkläre ich entschuldigend.

»Du siehst fertig aus«, stellt Luis fest. »Tut mir leid, dass ich es so spannend gemacht habe. Setz dich, ich habe schon alles vorbereitet.«

Er zieht einen Stuhl vor den Monitor.

»Ich habe deinen Besuch als Zeugenaussage gelistet«, erklärt er. »Du wirst ein Protokoll unterschreiben müssen, dass du das Video gesehen hast. Und ich muss deine Reaktionen festhalten.«

»Kein Problem«, töne ich, obwohl mir gar nicht so cool zumute ist. Luis drückt auf eine Taste.

Marions Schlafzimmer. Sie liegt schlafend in seitlicher Lage auf dem Bett, ein Arm unter dem Kopf. Lampenlicht dringt von außen ins Zimmer, auch Autolärm ist zu hören. Neben dem Bett funzelt eine Nachttischlampe. Marion atmet entspannt. Aber vielleicht ist sie auch nur zugedröhnt.
Eine Tür öffnet sich. Man kann nicht sehen, wer ins Zimmer kommt, denn die Kamera ist starr auf die schlafende Marion gerichtet.
Von links kommt Lilli ins Bild. Sie trägt einen Schlafanzug, denselben, in dem sie an der U-Bahn-Station gefunden wurde. Sie geht zu ihrer Mutter, packt sie am Arm und schüttelt sie. Marion rührt sich nicht. Lilli weint und trommelt mit den Fäusten auf ihren Arm. Plötzlich stoppt sie und schaut zur Tür. Ihre Augen sind aufgerissen.

»Da kommt jemand ins Zimmer!«, rufe ich.

Luis hält den Film an. »Jetzt sieh genau hin«, fordert er mich auf. »Ich lasse das Video langsamer weiterlaufen.«

Eine Hand kommt ins Bild. Sie trägt einen Handschuh und hält Lilli einen länglichen Gegenstand hin. Es ist ein Messer mit einer schmalen Klinge. Lilli greift danach. Lilli betrachtet das Messer. Die zweite Person erscheint als Schatten, ist aber nicht zu erkennen. Das Mädchen schaut zu der Person hin. Plötzlich bewegt sich Marion, ändert die Lage und liegt nun auf dem Rücken – Lilli an ihrer Seite.
Das Kind hebt das Messer und rammt es seiner Mutter in die Magengegend. Marion stöhnt auf, hebt instinktiv die Arme und schreit. Lilli stößt erneut zu. Und noch einmal. Als sich Marion nicht mehr rührt, richtet Lilli sich auf. Ihr Schlafanzug ist voller Blut. Sie schaut nach oben – direkt in die Kamera. Die zweite Person ist nicht mehr im Bild.

»Das war's«, sagt Luis.

Mir ist übel. »Und jetzt?«, frage ich.

»Wir müssen die Person finden, die in Marions Wohnung war und Lilli das Messer gegeben hat«, antwortet Luis. »Sie hat das Mädchen als Werkzeug zu einem widerlichen Mord missbraucht. Wir werden jedem Mieter den Film vorspielen und noch einmal nach den Alibis fragen.«

Gelber Frauenschuh

Die Bilder, wie Lilli ihre Mutter erstochen hat, katapultieren mich in eine Depression. Zu Hause versuche ich, die Fakten in eine nachvollziehbare Ordnung zu bringen.

Tatsache ist, dass der Schlüssel zu Marions Wohnung für jeden Hausbewohner zugänglich war – man musste nur in den Blumentopf greifen.

Warum animiert der Täter oder die Täterin ein kleines Mädchen, seine Mutter zu töten? Was ist das Motiv? Hat jemand an Marions Spielbank-Gewinn rangewollt?

Ich verwerfe den Gedanken. Dann hätte sich der Unbekannte Marion gekrallt und sie dazu gezwungen, das Versteck in der Schweiz zu verraten. Durch ihren Tod ist der Weg zu dem Geld für Fremde versperrt.

Ich brauche frische Luft. Vor dem Haus steht die Rauchertruppe aus der Physiotherapiepraxis. Waremmes Artikel über die Entdeckung des Videos ist Thema Nummer eins. Als ich das Wort »Horrorhaus« höre, wird mir wieder übel. Ich versuche, mich an der Gruppe vorbeizudrücken – doch vergebens.

Kati Ritter erblickt mich. »Dann hat Lilli es wohl doch getan«, sagt sie.

»Es war noch eine Person im Raum«, entgegne ich. »Und die hat Lilli das Messer gegeben, mit dem sie zugestochen hat. Ob Mann oder Frau, ist nicht zu erkennen.«

»War es jemand aus dem Haus?«, fragt sie fassungslos.

»Immerhin lag damals der Schlüssel zu Marions Wohnung

in dem Blumentopf, für alle zugänglich. Wo waren Sie denn, als der Mord passiert ist?«

»In Südfrankreich«, antwortet sie. »Das habe ich der Polizei auch schon nachgewiesen.«

»Kannten Sie meine Schwester näher?«

Sie führt mich ein Stück von den anderen weg. »Also, ich hab Marion in der Klinik kennengelernt. Ich hatte dort eine Stelle als Physiotherapeutin, was mir allerdings nicht gefallen hat. Zu wenig Zeit für die Patienten, um ihnen wirklich helfen zu können. Als hier im Haus das Ladenlokal frei wurde, hat Marion mich dazu animiert, mich selbstständig zu machen. Ich hatte zwar Lust, aber nicht viel Geld. Trotzdem habe ich es riskiert. Sie hat mich vielen Patienten empfohlen und nach einem Jahr lief der Laden. Ich hab ihr viel zu verdanken.«

»Während Marion im Städtischen Klinikum geblieben ist?«

»Ja, sie war mit ihrem Chef liiert und relativ zufrieden«, antwortet Kati Ritter. »Weil sie hier im Haus gewohnt hat, haben wir uns dennoch oft gesehen. Das war eine schöne Zeit.«

»Hat Meinickes Ehefrau eigentlich von der Liaison gewusst?«, frage ich.

»Keine Ahnung. Allerdings hat Marion die Geschichte mit dem schrecklichen Unfall nie verwunden.«

»Meinen Sie die Fahrerflucht?«

Sie hat keine Gelegenheit, mir zu antworten, denn Julia hat uns entdeckt. Sie sieht erholt aus, die Prinz-Eisenherz-Frisur sitzt mehr als perfekt und die goldene Farbe ist wohl aufgefrischt worden.

»Hallo, ihr beiden. Schön, euch zu treffen.« Sie scheint sich wirklich zu freuen.

»Hallo, Julia«, sage ich freundlich. »Kennst du schon die neueste Entwicklung?«

»Ja, leider. Lilli hat es wohl doch getan – auch wenn ihr jemand geholfen hat. Wer das wohl war? Gibt es schon Anhaltspunkte?«

»Ich muss los«, unterbricht uns Kati Richter. »Der nächste Patient wartet. Lymphdrainage.« Und zu mir gewandt: »Wir können später weiterreden, dann erzähle ich Ihnen mehr.«

Ich nutze die Chance. »Heute Abend?«, frage ich.

»Gerne. Im *Mama Mia*. Zwanzig Uhr?«

»Okay.«

Ritter wirft einen Blick auf Julia, zündet sich eine neue Zigarette an und schlendert Richtung Praxis. Wir sehen ihr nach.

»Was will sie dir denn erzählen, Alix?«, fragt Julia.

»Sie war mit meiner Schwester befreundet«, antworte ich. »Und sie hat von einem Unfall gesprochen. Wahrscheinlich meint sie Meinickes Tod.«

Julia zündet sich eine Zigarette an.

»Du rauchst?« Ich bin erstaunt.

»Leider. Manchmal werde ich rückfällig«, lächelt sie. »Aber nur selten.«

Wir wollen zurück ins Haus, doch Franz Brink kommt auf uns zu. In der Hand hält er eine Pflanze. Sein Gesichtsausdruck ist voller Freude.

»Es klappt!«, sagt er. »Die Frauenschuhe kommen wieder. *Cypripedium calceolus.* Kypris ist der Beiname der Aphrodite, Göttin der Schönheit und der Liebe. Endlich sind sie da.« Tränen laufen über seine Wangen. »Ich wusste es immer. Der Gelbe Frauenschuh. Ich habe es geschafft, dass er sich hier ansiedelt.«

Kein Bedienungsfehler

Kati Ritter wartet im *Mama Mia*. Sie sitzt an einem Tisch, der vom letzten Licht des Tages mit zaghafter Kraft erhellt wird. Ihre Tattoos scheinen zu brennen und ihre Piercings im Gesicht glänzen. Sie begrüßt mich und ich setze mich.

»Ich hab mir schon mal was bestellt«, sagt sie und deutet auf einen Tonkrug mit dem Hauswein. »Ich brauch das heute. Viele Patienten haben heute abgesagt oder sind, ohne sich zu melden, einfach nicht gekommen. Die Leute wollen nicht im Horrorhaus am Graben behandelt werden. Wenn das so weitergeht, kann ich meinen Laden bald dichtmachen.«

»Ich bestelle mir erst mal was zu essen«, entgegne ich. »Können Sie was empfehlen?«

»Lasagne«, sagt sie. »Die ist hier meistens gut. Manchmal ein bisschen verbrannt, aber gut gewürzt. Es gibt sie auch in vegan.«

»Nee«, sage ich. »Ich mag Fleisch. Nicht jeden Tag, aber manchmal. Und manchmal ist heute.«

»Also«, beginne ich, nachdem wir bestellt haben, »was wissen Sie noch über Marion? Sie haben heute einen Unfall erwähnt. Meinten Sie da den Unfall mit Fahrerflucht, dessen Opfer Dr. Meinicke war?«

Der Kellner bringt Brot und Butter.

»Wollen wir uns duzen?«, schiebe ich hinterher.

»Aber sicher.« Sie schenkt mir ein und hebt ihr Glas. »Auf gute Nachbarschaft.« Wir lächeln uns an. Sie gefällt mir, eine Frau mit Biss.

»Was wolltest du mir erzählen?«, nehme ich den Faden wieder auf. »Hat es mit dem Autounfall zu tun?«

»Nein, darum geht es nicht«, sagt sie. »Meinicke und Marion sollen einen schweren Fehler gemacht haben, der mit dem Tod eines Patienten endete. Bewiesen wurde das nicht. Aber die Gerüchteküche brodelte.« Kati steckt sich ein Stück Brot in den Mund.

»Ein mysteriöser Unfall mit einem Röntgengerät. Ewig her. Meinicke war damals Oberarzt und Marion arbeitete schon als Röntgenassistentin. Ich hab mal die Zeitungsausschnitte von damals mitgebracht.«

Sie reicht mir eine Klarsichthülle. Ich entnehme ein Blatt.

Toter im Klinikum: Patient von Röntgengerät erdrückt – Ursache unklar – Staatsanwaltschaft ermittelt

Am vergangenen Mittwoch ist Florian H. (48) mit Magen-Darm-Beschwerden ins Krankenhaus gebracht worden. Weil die Ärzte die Ursache für seine Schmerzen nicht fanden, brachten sie ihn am Freitag in den Röntgenraum. Eigentlich Routine. Mediziner bereiteten die Untersuchung vor, als sich plötzlich der Arm des Röntgengerätes absenkte. Ein Polizeisprecher: »Das Gerät ist etwa 50 x 50 Zentimeter groß und wiegt rund 60 Kilogramm. Es presste sich auf den Oberkörper und das Gesicht des Mannes. Er wurde zu Tode gequetscht.«

Mitarbeiter der Klinik versuchten verzweifelt, das Gerät zu stoppen. Vergebens. Die sofort eingeleitete Erste Hilfe der anwesenden Ärzte und des Pflegepersonals blieb erfolglos. Der Röntgenraum wurde versiegelt, Kriminalpolizei und Staatsanwaltschaft ermitteln. Ein Polizeisprecher: »Es muss geprüft werden, ob es sich um einen Bedienungsfehler oder einen technischen Defekt handelt.« Geklärt werden muss auch, wer die Verantwortung trägt.

Der Raum wurde zwar von den Ärzten der Klinik genutzt, gehört aber samt technischem Inventar einer externen Gemeinschaftspraxis.
»Röntgengeräte unterliegen einer Betreiberverordnung für Medizinprodukte«, erklärte die Staatsanwaltschaft. Die Arbeitsschutzbehörden überprüfen sowohl die Strahlung als auch die mechanische Betriebssicherheit der Geräte.
Wir berichten weiter.

»Das ist ein Hammer«, sage ich und lege das Blatt weg. »Da liegt ein kranker Mann und sieht, wie ein schweres Röntgengerät auf ihn zufährt und immer näher kommt. Und bevor er kapiert hat, dass irgendwas nicht in Ordnung ist, wird er von sechzig Kilo Metall zu Tode gedrückt. Wer war denn nun schuld an der Sache?«

»Meinicke war der zuständige Arzt und deine Schwester die Assistentin. Aber sie haben bestritten, einen Bedienungsfehler gemacht zu haben, und es konnte ihnen auch kein Fehler nachgewiesen werden«, antwortet Kati Ritter und winkt dem Kellner.

»Noch einen halben Liter Hauswein«, bestellt sie. »Den Roten.«

»Also war es ein technischer Fehler«, komme ich auf das Thema zurück.

Sie greift zu der Klarsichtfolie und fummelt einen weiteren Zeitungsartikel heraus. Ich lese:

Grausamer Tod beim Röntgen – Experten sind ratlos
Im Zuge der Ermittlungen zum Tod des 48-jährigen Florian H. in der Röntgenabteilung des Klinikums fand gestern die technische Untersuchung des Röntgengerätes durch einen Sachverständigen statt. Die Untersuchung ergab, dass sich sowohl das stationäre Gerät als auch die

entsprechenden Bedienelemente in einem einwandfreien Zustand befinden und somit ein technisches Versagen als Unfallursache ausscheidet. Darüber hinaus scheidet zum jetzigen Zeitpunkt der Ermittlungen ein Bedienfehler des Gerätes durch das Personal ebenfalls aus. Die Ermittlungen hinsichtlich der Unfallursache dauern weiter an.
Die Freunde und Verwandte des Opfers sind entsetzt über die Ergebnisse der Untersuchung und werfen der Klinik Verschleierung vor.

»Und dabei ist es geblieben«, sagt Kati. »Der Vorfall ist bis heute ungeklärt. Es gab noch weitere Untersuchungen und Vernehmungen, doch irgendwann hat sich die Sache dann totgelaufen. Dem Krankenhaus hat das Ganze natürlich sehr geschadet – das Vertrauen war futsch. Marion hat unter alldem sehr gelitten.«

»Hat Meinicke ihr nicht beigestanden?«, frage ich.

»Er hatte genug damit zu tun, die Gerüchte über seine Beteiligung kleinzuhalten«, antwortet sie. »Und das ist ihm offenbar auch gelungen.«

»Und Marion?«

»Sie verließ die Klinik. Die Beziehung zwischen ihr und Meinicke blieb aber bestehen. Er besuchte sie ab und zu hier im Haus.«

»Wer war der Mann, der von dem Röntgengerät getötet worden ist? Was weißt du über ihn?«, frage ich.

Kati zuckt die Schultern.

»Hast du das alles der Polizei erzählt?«

»Nein«, sagt sie und deutet auf ihre Tattoos. »Die halten mich für eine Gangsterbraut.«

»Was wären wir ohne unsere Vorurteile?«, seufze ich.

Wir trinken den Roten aus und verlassen das *Mama Mia*.

Keine zynischen Pfeile

Waremme. Er muss mir helfen. Er hat damals bestimmt über den Fall berichtet. Bis in die Nacht surfe ich im Internet, versuche, mehr über den Vorfall herauszukriegen und ein Foto des Opfers zu finden – Florian H. Vergebens.

Gegen Mitternacht schrillt das Telefon. Es ist Dr. Rosenblatt. Mit zitternder Stimme überbringt er mir die Nachricht, dass Lilli aus der Kinderpsychiatrie verschwunden ist. »Die Fahndung der Polizei läuft. Bei Ihnen hat sie sich nicht gemeldet, oder?«

»Natürlich nicht«, sage ich. »Ich hätte Sie doch sofort informiert. Ist irgendetwas vorgefallen? Gab es Ärger?«

»Nein«, antwortet der Arzt, »der Tag ist völlig normal verlaufen. Lilli hat an ihren Quadraten rumgebastelt und den anderen Kindern gezeigt, wie's geht.«

Es klingelt Sturm an der Tür. Dr. Rosenblatt hat es auch gehört und sagt: »Vielleicht ist das Lilli.«

»Moment.«

Ich gehe zur Tür. Davor steht Luis.

»Dr. Rosenblatt? Es ist die Polizei«, teile ich dem Arzt mit. »Es wird alles gut, glauben Sie mir. Ich gebe Ihnen Bescheid, wenn ich etwas von Lilli höre.«

Luis hat sich in die Küche gesetzt. Er hat Ringe unter den Augen, die Haare sind wirr und die Tränensäcke geschwollen.

»Brauchst du einen Kaffee?«, frage ich.

»Nein, den verträgt mein Magen zurzeit nicht«, murmelt er.

»Bist du wegen Lilli hier?«

»Natürlich hat man mich informiert, aber die Fahndung nach ihr leiten die Kollegen.«

»Hoffentlich passiert ihr nichts«, sage ich, setze mich und nehme seine Hand. Sie ist eiskalt. »Kann ich was für dich tun?« Ich fühle mich hilflos.

Er zieht seine Hand weg. »Die Geschichte macht mich fertig – und ich weiß nicht, warum. Ich mache seit fünfzehn Jahren Polizeiarbeit und kaum ein Fall hat mich so erschüttert wie dieser. Und ich kann mir nicht erklären, warum das so ist.«

Ich stelle ihm ein Glas Wasser hin. Er trinkt gierig.

»Du hast eine Midlife-Crisis«, sage ich, »bei Frauen nennt man das Wechseljahre.«

»Nein. Ich bin einsam.«

»Einsam? Du hast den ganzen Tag Unterhaltung und Stress mit Spitzbuben und solchen Leuten!«

Er starrt ins Wasserglas. »Weißt du, ich hab seit dem Scheitern meiner Ehe einige fremde Betten ausprobiert, aber ich wurde immer gleichgültiger dabei. Die ersten Blicke, die ich tauschte, waren voller Erwartungen, die sich nicht erfüllten. Ich hätte gern wieder eine Beziehung. Seit ich dich kenne, wächst mein Mut wieder, auch wenn du mir oft Ohrfeigen verpasst, weil du mir nicht vertraust. Aber ich weiß, dass da in mir etwas wartet, erfüllt zu werden. Auch bei dir. Lass es uns riskieren. Oder hast du Angst?«

Ich bin verwirrt. Das Statement könnte aus dem Manuskript eines Kitschromans stammen. Hat er eine neue Masche drauf? Vom Macho zum leidenden Werther?

»Bitte, Alix, jetzt schieß keinen deiner zynischen Pfeile ab. Ich bin angezählt und es gehört sich nicht, in meinen Wunden zu stochern.«

Er legt die Hände an den Kopf und stützt ihn ab.

»Ich stochere nicht in deinen Wunden. Und nun komm ins Bett. In mein Bett.«

Er schaut mich ungläubig an. »Ich muss noch duschen.«

Ich schnüffele. »Papperlapapp. Du riechst halt wie ein Mann. Und nun komm.«

Die Nacht verläuft dann doch anders. Luis ist – nach ein paar Küssen – so erschöpft, dass er in meinen Armen einschläft und zu schnarchen beginnt. Eine Nacht ohne Liebesschwüre, Sex und irgendwelche Versprechen. Irgendwas mache ich falsch.

Sorgen und Hoffnungen

Waremme lässt sich nicht lumpen. Er hat die Aufregung um Lillis Verschwinden mitbekommen, obwohl keine offizielle Mitteilung der Polizeipressestelle veröffentlicht worden ist. Die Homepage seines Blattes schlagzeilt:

Wo ist Lilli? Horrorhaus-Mörderin (10) flüchtet aus der Psychiatrie – Großfahndung der Polizei

Luis schläft noch. Ob Julia Bescheid weiß? Ich will das klären. Katzenwäsche, Jogginghose und T-Shirt und fertig ist das Outfit für ein Gespräch unter Freundinnen. Sind wir das eigentlich noch? Doch, entscheide ich, immerhin mag sie Lilli und hat sich die letzten Jahre um sie gekümmert. Ich lege einen Zettel auf den Tisch, damit Luis weiß, wo ich bin.

Julia öffnet die Tür. »Alix«, lächelt sie. »Schön, dass du kommst.«

Ihr Blondhaar ist feucht und es riecht nach einem pudrigen Shampoo. Der Morgenmantel ist aus schillernder violetter Seide, die an manchen Stellen mit weißer Spitze besetzt ist. Madame lässt bitten.

»Ich frühstücke gerade auf dem Balkon«, erklärt sie. »Möchtest du Kaffee, Toast und Konfitüre?«

Ja, ich will. Ich setze mich. Die Sonne ist dabei, die Hauswand zu erhitzen.

»Lilli ist verschwunden.«

»Ja«, sagt sie und rührt weiter Zucker in ihren Kaffee.
»Dann hast du Waremmes Artikel schon gelesen?«
»Ja klar, woher weiß der das eigentlich schon wieder?«
»Er hat einen Informanten bei der Polizei«, antworte ich.
»Dreist«, sagt sie.
»Er ist ein investigativer Journalist«, wende ich ein. »Es ist seine Aufgabe, Dinge herauszukriegen, die der Öffentlichkeit verborgen bleiben sollen. Die Presse ist so was wie die fünfte Gewalt im Staat.«
»Das sehe ich anders. Die meisten Journalisten sind korrupt, schreiben, was die Mächtigen wollen, oder erfinden Geschichten, um das dumme Volk zu belustigen«, entgegnet Julia. »Aber lass uns nicht darüber streiten. Lilli ist also aus der Klinik weggelaufen.«
»Ja, die Fahndung läuft. Ich wurde auch schon befragt, weil die Polizei angenommen hat, dass sie sich bei mir meldet. Hat sie aber nicht. Bei dir auch nicht, oder?«
»Aber nein!«
»Ich mache mir große Sorgen«, sage ich. »Hast du irgendeine Idee, wo sie sonst noch hingehen könnte? Du kennst sie besser als ich.«
Hat sie nicht.
»Die Polizei wird sie schon finden«, lächelt sie. »Ein kleines Mädchen im Schlafanzug muss auffallen.«
Ich stutze. »Woher weißt du, dass sie einen Schlafanzug trägt?«
»Was denn sonst? Ich weiß es natürlich nicht, aber ich habe es angenommen. Wenn sie nachts geflüchtet ist, ist wohl davon auszugehen.« Es klingt, als wolle sie sich verteidigen. Oder war mein Ton zu inquisitorisch?
Julias Haare sind fast trocken. Sie machen nicht mehr diesen perfekten, klassischen Eindruck, sondern sind leicht wuschelig. Das steht ihr gut und lässt sie gütiger erscheinen.

»Ich melde mich, wenn Lilli bei mir auftaucht«, verspricht sie. »Mach dir nicht so viele Sorgen. Lilli ist weiter, als wir alle denken. Ihr Asperger-Syndrom verhindert nicht, dass sie sich wehren kann, wenn ihr jemand etwas Böses will. Ganz im Gegenteil. Ich war ein paarmal dabei, als Lilli total ausgerastet ist. Und, glaub mir, das willst du nicht erleben.«

»Und wenn sie entführt worden ist?«, seufze ich.

»Was sollte der Grund dafür sein?«, fragt sie.

»Wenn ich das wüsste!«

»Alix, denk nicht darüber nach. Die Polizei findet sie bald.«

Eine neue Spur?

Luis hat inzwischen Brötchen geholt. Er sieht immer noch müde aus.

Ich lege meine Hand auf seine Stirn. »Du hast Fieber.«

»Quatsch«, sagt er unwirsch und stößt meine Hand weg. »Lass uns frühstücken, ich muss gleich zur Arbeit.«

»Was macht die Fahndung nach Lilli?«

»Nichts. Es gibt Hinweise, aber keine heiße Spur«, antwortet er. »Hast du was bei Julia erfahren?«

»Nein. Sie sieht alles gelassen und scheint sich keine Sorgen zu machen.«

»Kann es sein, dass Julia das Kind entführt hat?«, fragt er.

Mir bleibt der Bissen im Hals hängen. »Du hast wirklich Fieber«, stelle ich fest.

»Es gibt da etwas, was du noch nicht weißt.« Luis zögert und schaut mich durchdringend an. »Ich überlege, ob ich es dir erzählen soll.«

»Das musst du entscheiden«, sage ich. »Wenn du mir nicht vertraust, dann schweig!«

»Ich habe dir bisher immer vertraut«, erklärt er.

»Und warum jetzt nicht mehr?«, hake ich nach.

»Du bist so ...«, er sucht nach Worten, »... gefühllos. Immer kontrolliert und hellwach. Hast du eigentlich keine Schwächen?«

Der Vorwurf erwischt mich kalt.

»Ich kenne keine schwachen Momente«, unke ich lachend.

Luis kann meiner Absicht, zu scherzen, nicht folgen, er bleibt ernst.

»Wenn ich dich so ansehe«, macht er weiter, »dann sehe ich eine attraktive, intelligente und selbstbewusste Frau. Aber dir fehlt Wärme.«

»Bist du sauer, dass aus unserer Liebesnacht nichts geworden ist?« Ich spüre Unwillen in mir aufsteigen.

Er schüttelt den Kopf. »Lass uns das Thema beenden«, gibt er auf.

»Du wolltest mir etwas erzählen, was ich noch nicht weiß. Ermittlungen in Sachen Mord an Marion«, erinnere ich ihn.

»Es geht um einen Unfall mit einem Röntgengerät, bei dem deine Schwester und ihr Liebhaber eine unrühmliche Rolle gespielt haben sollen.«

»Ich kenne die Geschichte. Kati Ritter hat mir gestern davon erzählt. Marions und Meinickes Schuld wurde nie bewiesen«, stelle ich klar. »Gerüchte im Klinikum. Mehr nicht.«

»Das siehst du vielleicht anders, wenn ich dir sage, wer das Opfer war.«

»Ein Mann namens Florian H.«, sage ich. »So stand es in der Zeitung.«

»Stimmt. Florian Hagedorn, achtundvierzig Jahre alt. Von Beruf Dozent für Biochemie. Hier ist ein Foto von ihm.«

Er reicht mir sein Handy. Ich starre das Bild an. Der Mann ist attraktiv und sieht Sean Connery ähnlich.

Ich brauche einige Zeit, alles zu begreifen. Julia und Hagedorn kannten sich, waren vielleicht ein Paar.

Luis beobachtet mich. Er hat sich im Stuhl zurückgelehnt, die Beine von sich gestreckt und den Kopf zurückgelegt. Mich erinnert diese Pose an eine Katze, die sehr lange die Bewegungen ihrer nächsten Beute beobachtet und daraus Schlüsse für den Angriff zieht. Die Frage ist nur, ob seine Körperhaltung Julia oder mir gilt.

»Wir klären gerade, wie Hagedorn zu Julia oder Julia zu Hagedorn stand.«

»Das kann ich dir sagen. Es gab ein Foto in Julias Schlafzimmer – auf dem Bücherbord, mit einer Trauerschleife verziert. Der Mann auf dem Foto könnte Hagedorn sein.«

»Und warum sagst du das erst jetzt?«, fragt Luis.

»Weil das Foto inzwischen verschwunden ist«, antworte ich. »Außerdem konnte ich ja nicht ahnen, dass das Foto vielleicht von Bedeutung sind würde.«

»Danke für dein Vertrauen«, entgegnet Luis. »Und jetzt besuchen wir Julia. Und bitte, lass mich die ersten Fragen stellen. Ich weiß, wie man Menschen verhört.«

Schuld nie geklärt

Julia öffnet. »Hallo«, lächelt sie. »Da seid ihr ja schon wieder. Gibt es neue Nachrichten von Lilli?«

»Nein«, antwortet Luis. »Aber wir haben einige Fragen an dich.«

»Dann kommt rein. Kaffee? Wasser? Cola?«

Wir setzen uns, ohne die Frage zu beantworten.

Draußen ist ein kurzer Schauer niedergegangen, auf den Fensterscheiben glitzern die Regentropfen wie Diamanten. Jetzt gibt die Sonne wieder alles und bringt die altenglischen Möbel zum Glänzen.

»Ist das ein offizielles Verhör?«, fragt Julia.

»Nein«, beruhigt sie Luis. »Vernehmungen finden normalerweise im Präsidium statt. Alix und ich wollen nur … plaudern … Und ich fange gleich mal damit an: Sagt dir der Name Florian Hagedorn etwas?«

Sie überlegt. »Das war der Patient, der im Klinikum von einem wild gewordenen Röntgengerät getötet worden ist. Ich kann mich dunkel daran erinnern. Es wurde ja nie geklärt, wer dafür verantwortlich war.«

»Woher kennst du den Nachnamen?«

»Aus den Artikeln von damals«, antwortet sie.

»Das kann nicht sein. In der Zeitung wurde der Name abgekürzt«, schalte ich mich ein.

»Na gut. Dann hab ich den Namen wohl irgendwo aufgeschnappt.«

»Kanntest du Hagedorn vielleicht persönlich?«

»Ich kannte ihn persönlich nicht«, antwortet Julia ruhig. »Warum?«

»Weil ich ein Foto von ihm in deinem Schlafzimmer gesehen habe«, sage ich.

»Wie bitte?«

Ich beschreibe ihr das Bild mit dem schwarzen Trauerflor.

»Da war kein solches Bild.«

»Jetzt nicht mehr«, sage ich. »Du hast es weggeräumt.«

»Aber Alix!« Julia schaut mich an – fast mitleidig.

»Vielleicht hast du dich wirklich getäuscht«, fällt mir Luis in den Rücken. Und zu Julia: »Wir suchen noch immer die zweite Person aus dem Video, die Lilli das Messer reicht, mit dem sie ihre Mutter getötet hat.«

»Und das soll ich sein?« Julia verliert die Fassung. Ihre Stimme ist schrill und die Augen sind halb geschlossen. »Ich habe Marion gefunden, erinnert ihr euch? Und mir um ihr Kind Sorgen gemacht!«

»Bitte, bleib ganz ruhig«, versucht Luis, sie zu beruhigen. »Wir müssen alles in Betracht ziehen. Immerhin gab es damals Gerüchte, dass Marion und ihr Chef Dr. Meinicke an dem Unfall mit dem Röntgengerät schuld waren – auch wenn das nie bewiesen wurde. Und da kommst du ins Spiel.«

»Seit wann beschäftigt sich die Polizei mit Gerüchten?«

»Wir ermitteln in alle Richtungen«, erklärt Luis erneut. »Irgendwann wird Lilli reden und uns erzählen, wer sie zum Mord animiert hat. Falls sie ihn oder sie überhaupt erkannt haben sollte. Es ist nur eine Frage der Zeit.«

»Und jetzt ist Lilli verschwunden«, rufe ich. »Vielleicht, damit sie nicht aussagen kann?«

»Meinst du etwa, dass ich Lilli entführt habe?«, schreit Julia. »Das ist ja wohl eine Frechheit! Bist du völlig übergeschnappt? Ich habe mich jahrelang um das Kind gekümmert, während seine Mutter sturzbetroffen im Bett lag! Und jetzt raus hier! Alle beide!« Sie steht auf, geht zur Tür und öffnet sie.

Wir stehen im Treppenhaus. »Das war ja ein voller Erfolg.« Der Sarkasmus in Luis' Stimme ist nicht zu überhören.

»Warum gibt sie nicht zu, Hagedorn gekannt zu haben?«, grübele ich.

Privat oder dienstlich?

Auch in den nächsten Tagen wird Lilli nicht gefunden. Die Medien mutmaßen Abenteuerliches, vom Suizid bis hin zum Kinderschänderring, der das Mädchen geraubt und Pädophilen zugeführt hat.

Natürlich beteiligt sich auch Branco Waremme an den Spekulationen. Und die sind gar nicht so abwegig, bleiben aber im Ungefähren.

Der Reporter weiß noch nicht, dass das Opfer des Röntgenunfalls mit dem guten Geist des Horrorhauses, Julia Bergmann, bekannt oder sogar befreundet war. Vielleicht könnte ich durch ein paar Exklusivinfos für die Presse wieder etwas Bewegung in den Fall bringen, der immer kälter wird.

Lust auf ein Feierabend-Date im Horrorhaus?, whatsappe ich ihm.

Die Antwort kommt umgehend: *Bis gleich, schöne Frau.*

Wenig später ist Waremme da. Seine erste Frage ist: »Privat oder dienstlich?«

»Letzteres.«

»Dann hätten wir das ja geklärt«, sagt er. »Was liegt an?«

Ich berichte von dem verschwundenen Foto in Julias Wohnung und nenne ihm den vollen Namen von Florian Hagedorn.

Er reißt die Augen auf, pfeift durch die Zähne macht sich Notizen.

»Julia behauptet, dass ich mich getäuscht habe. Aber das stimmt nicht. Warum macht sie das?«, überlege ich.

»Weißt du, was ein Psychopath oder – in diesem Fall – eine Psychopathin ist?«, fragt er.

Ach, Waremme! Er will mir sein schmales, angelesenes Wissen mitteilen, damit ich vor Ehrfurcht in die Knie gehe!

Ich tue ihm den Gefallen und verneine. Er wird mir jetzt mit seinem begrenzten Wortschatz erklären, warum Julia Bergmann diejenige sein muss, die Lilli das Messer gereicht hat.

»Möchtest du ein Glas Wein oder Bier oder Wasser?«, frage ich. »Oder brauchst du sonst was, um in Fahrt zu kommen?«

»Gegen Wein habe ich nichts«, antwortet er.

Ich bringe ihm ein Glas und sage: »Psychopathen sind gestörte Menschen. Die meisten Serienkiller sind Psychopathen, weil sie keinerlei Gefühle haben und sich nicht vorstellen können, was es für menschliches Leiden gibt.«

»Das stimmt so nicht. Und nicht jeder Psychopath wird zum aggressiven Serienkiller«, doziert er. »Die Bezeichnung wird oft für empathieunfähige Menschen verwendet, die in der Lage sind, ihre Störung jahrelang zu verbergen.«

»Und was hat das mit unserem Fall zu tun? Ist Julia eine Psychopathin? Und warum tötet sie nicht selbst, sondern bringt Lilli dazu, Marion zu erstechen? Das ist dermaßen gemein und widerlich, dass ich kotzen könnte! Das kleine Kind damit zu belasten!«

»Psychopathen denken nur an sich. Sie können nicht anders«, doziert Waremme weiter. »Sie fühlen nur was, wenn es sie selbst betrifft.«

Er geht mir auf die Nerven. »Hast du früher etwa Psychologie studiert?«, frage ich. Mein Ton ist leicht aggressiv.

Waremme bleibt cool. »Das nicht, aber ich habe einen Freund, der Schwerverbrecher in einer geschlossenen Abteilung therapiert. Du glaubst nicht, wozu Menschen fähig sind.«

»Ach ja? Zu was denn?«

»Das solltest du lieber nicht wissen«, antwortet er. »Sonst

kommst du noch auf dumme Ideen. – Warum wolltest du mich eigentlich sehen?«, fragt er. »Bisher war ich doch nur ein Ärgernis für dich.«

»Ich hab dir für den Mord an Marion das Motiv geliefert«, antworte ich. »Späte Rache für den Tod durch das Röntgengerät. Bedienungsfehler.«

Waremme wirkt nicht überzeugt.

»Was machst du jetzt?«, frage ich. »Willst du darüber schreiben?«

Er antwortet zunächst nicht, schaut mich aber an. Sein Blick passt nicht zum lachhaften Outfit. Meine Güte, ist er hässlich! Das T-Shirt ist verschlissen und vollgeschwitzt, die Sneaker stinken und aus seiner Nase wachsen Haare, an denen irgendwelche Popel kleben.

»Ich weiß nicht«, antwortet er dann doch auf meine Frage. »Ich warte erst mal ab. Psychopathen sind gefährlich und nicht zu unterschätzen. Sie können Menschen manipulieren und ihnen ihren Willen aufzwingen. Sie sind aber keine Monster, die in dunklen Gassen lauern, sondern sie wirken ganz normal. Psychopathie kann unterschiedliche Formen und Ausprägungen haben – in der Regel führen die Betroffenen ein ganz normales Leben. So wie du und ich.«

»Willst du darauf warten, dass Julia sich selbst verrät? Ich glaube, dass sie Lilli entführt hat, weil die sich wieder erinnern kann. Wir müssen Julia unter Druck setzen.«

»Wieso Julia?«, fragt er.

»Ich verstehe nicht.«

»Alix, ich rede nicht von Julia, sondern von dir. *Du* hast das alles eingefädelt. *Du* hast dich an deiner Schwester gerächt und Lilli dafür benutzt. Und das werde ich auch schreiben und beweisen. *Du* bist die Psychopathin! Und dein Motiv werde ich auch noch rausbekommen.«

Erfolgreiche Entsorgung

Vor mir sitzt Branco Waremme. Ich habe ihn erschossen. Es war ganz einfach: die Waffe hervorziehen, zielen und abdrücken. Er hat nicht einmal gezuckt, sondern mich nur erstaunt angesehen.

Es ist kaum Blut zu sehen, sondern nur ein kleines, dunkles Loch mitten in seiner Stirn. Schade, dass er sich selbst nicht sehen oder gar fotografieren kann.

Weitere Leiche im Horrorhaus – Skandalreporter gibt Löffel ab, das wäre doch eine prima Überschrift.

Ich muss grinsen, hole mir ein Glas Wasser, werfe einige Eiswürfel hinein und trinke gierig. Mir ist klar, dass ich mir jetzt selbst ein hübsches Problem bereitet habe: wohin mit der Leiche?

Das Wetter ist heiß, ich habe keine Kühltruhe, in der ich den Mann parken kann. Auf dem Dachboden kann ich ihn auch schlecht deponieren, irgendwann wird er nicht mehr gut riechen.

Ich schnappe mir Waremmes Notizbuch, blättere es durch. Auf den ersten Blick nichts Besonderes. Seine letzten Eintragungen betreffen den heutigen Tag. Ich stecke die Aufzeichnungen ein.

Das Wasser hat mich nur kurz abgekühlt. Ich hole mir ein zweites Glas.

Waremme sitzt immer noch im Sessel, die Augen auf mich gerichtet. Eine Fliege umkreist seinen Kopf. Und dann noch eine. Woher wissen diese Viecher so schnell, wo sie eine Fressstation für ihren Nachwuchs finden? Ein paar Minuten später sind es schon zehn – und ich habe immer noch keine Idee, wie ich die Leiche loswerden soll.

Ich werfe einen Blick aus dem Schlafzimmerfenster. Wenn ich Waremme bis dorthin ziehe, aufrichte und aus dem Fenster schubse, landet er im Innenhof. Falls mich jemand dabei beobachten sollte, habe ich Pech gehabt.

Wie werde ich die Waffe los? Ich lege eine Decke über Waremmes Körper und verlasse die Wohnung, die Knarre in einer Aldi-Tüte. Ich habe die Waffe vorher eingeseift und abgebraust, seinen Laptop und die Kamera nicht mit den Fingern berührt.

Mein Auto steht vor dem Haus. Kurz vor einundzwanzig Uhr, es dämmert bereits. Auf dem Weg treffe ich den Geiger, frage ihn nach der Uhrzeit. Er sagt sie mir und verschafft mir damit vielleicht ein Alibi.

Ich fahre in den Süden der Stadt, zum Phoenix-See. Dort herrscht – wie immer im Sommer – viel Betrieb. Jugendliche haben die Ufer besetzt, trinken mitgebrachten Alkohol, lachen und grölen. Manche werfen Steine in Richtung der Kanadagänse, die sich mit zornigem Schreien »bedanken«. Ich betrete einen Steg, der in den See ragt. Hier ist es dunkel und ich bin allein. Die Waffe verschwindet im Wasser und geht sofort unter.

Zwei Polizisten laufen Streife auf der Straße, die direkt am Ufer entlangführt. Ich spreche sie an und behaupte, mehrere junge Männer hätten versucht, mir mein Handy abzunehmen. Dabei benehme ich mich leicht hysterisch. Sie werden sich mein Gesicht merken und die Uhrzeit hoffentlich auch.

Schnell wieder zurück zum Horrorhaus. Ich fahre mit dem Lift nach oben.

Waremme ist noch da. Weglaufen konnte er ja auch nicht mehr. Der Kelch geht nicht an mir vorüber. Ich hebe die Decke hoch. Er schaut mich immer noch an, doch der Blick ist blass und die Gesichtshaut wächsern geworden.

Ich ziehe mir Handschuhe an, bedecke meinen Kopf mit einer

dunklen Wollmütze, ziehe die Leiche mithilfe eines Bettvorlegers zum Fenster und öffne es. Kein Licht in den Fenstern der anderen Mieter. Der Innenhof ist nur mit einer Funzel beleuchtet.

Unter großen Mühen hieve ich den Oberkörper nach oben, bis der Kopf auf der Fensterbank liegt.

Ich brauche eine Pause. Nur keinen Fehler machen!

Der Kopf der Leiche liegt noch draußen auf der Fensterbank, weil sich der Kragen des Poloshirts im Fensterrahmen verfangen hat. Ich hebe die Beine an und versuche, den Reporter über die Brüstung zu kippen. Der Leichnam wird langsam steif. Ich nehme meine Kräfte zusammen und erledige den Rest: Der Körper fällt nach unten und knallt auf den Boden – lauter, als ich es erwartet habe.

Es bleibt dunkel. Offenbar hat niemand mitbekommen, was geschehen ist. Ich hyperventiliere. Nur langsam komme ich wieder zu Sinnen.

Aber eine Pause kann ich mir nicht leisten. In der Wohnung stehen Waremmes Sache herum – die Kamera, die Objektive und die Tasche mit was auch immer.

Ich packe das Zeugs und schmeiße es der Leiche hinterher.

Ein sanftes Lämmchen

Ich weiß nicht, wie lange ich geschlafen habe. Wach werde ich durch Polizeisirenen und Lärm im Haus. Ich reagiere zunächst nicht, sondern ziehe mir die Decke über den Kopf. Langsam kommt die Erinnerung. Der tote Waremme. Der Phoenix-See. Der Fall aus dem Fenster. Der Aufprall auf den Orchideen.

Es klingelt. Ich öffne und sehe Luis. Mehr als »Hallo« bekomme ich nicht über die Lippen.

»Darf ich reinkommen?«

»Wie viel Uhr ist es denn?«, nuschele ich.

»Acht Uhr morgens.«

»Was willst du hier?«

»Dein Skandalreporter ist tot«, antwortet er. »Er liegt unten im Innenhof. Mit einer Kugel im Kopf.«

Ein starker Kaffee stellt in mir die Aufmerksamkeit her, die ich brauche, um mich nicht zu verraten. Die Decke, die ich über die Leiche gelegt hatte, ist noch im Wohnzimmer. Ich muss sie dringend verschwinden lassen.

»Alix! Hat Waremme dich gestern besucht?«

»Nein. War er denn im Haus?«

»Ja. So gegen einundzwanzig Uhr wurde er im Lift gesehen.«

»Da war ich nicht mehr hier. Ich bin um kurz vor neun aus dem Haus und zum Sommerfest am Phoenix-See«, sage ich.

»Hat dich jemand gesehen?«

»Ja, die Polizei. Ein paar Typen haben versucht, mir mein Handy zu klauen. Das hab ich deinen Kollegen, die am See

Streife gingen, gemeldet. Aber es hat sie nicht weiter interessiert.«

»Du bist mir nicht böse, wenn ich das überprüfen lasse?«

»Aber nein!«, lächele ich. »Du tust doch nur deine Pflicht.«

»Langsam verliere ich den Verstand«, seufzt Luis. »Kaum sind wir einen Schritt weiter, passiert wieder etwas Schlimmes.«

»Und der arme Waremme kann dieses Mal nicht drüber schreiben«, sage ich. »Das ist schon fast komisch. Habt ihr Julia schon gefragt, ob er bei ihr war?«

»Die Kollegen sind gerade oben«, antwortet Luis. »Nachdem Julia uns das letzte Mal rausgeworfen hat, wollte ich da nicht so gern auftauchen. Mein Bedarf an hysterischen Weibern ist gedeckt.«

»Meinst du mich etwa auch damit?«, frage ich.

»Aber nein«, lächelt er. »Du bist doch ein sanftes Lämmchen.«

Er verabschiedet sich.

Im Haus herrscht Unruhe. Türen knallen, Polizisten rennen rein und raus, Schaulustige versammeln sich vor der Tür. In diesem ganzen Durcheinander fehlt nur Waremme. Doch es gibt Ersatz. Andere Reporter knipsen und filmen, was das Zeug hält – besonders, als Waremmes Leichnam in einem dieser hübschen Behelfssärge in einen Transporter geladen wird.

Tschüss, Waremme, denke ich. Eigentlich warst du sehr hilfreich – bis gestern Abend, als du mir ins Gesicht gesagt hast, dass ich eine mordlüsterne Psychopathin bin. Jetzt muss ich den Verdacht vollständig auf Julia lenken. Sie hat ein nachvollziehbares Motiv: Hagedorns Tod durch das Röntgengerät mit den Schuldigen Marion und Meinicke. Von meinem Motiv weiß niemand und dabei wird es hoffentlich auch bleiben.

Vom Fenster aus sehe ich, wie Julia von einem Polizeibeamten abgeführt wird. Sie hält den Kopf gesenkt. Bevor sie ins Auto steigt, schaut sie nach oben zu mir. Der Blick will kein Ende nehmen und mir wird flau. Ahnt sie etwas? Oder will sie nur um Hilfe bitten? Ich wende mich ab. Hat Waremme ihr noch von seinem Verdacht gegen mich erzählt?

Keine Fluchtgefahr

Die Medien berichten am Abend sachlich von der Festnahme im Horrorhaus. Ich lese, dass Julia B. nach einem Verhör wieder nach Hause entlassen worden ist. Fluchtgefahr sehe man nicht, so die Pressestelle der Polizei. Natürlich wird ausführlich über Julias Verbindung zu dem getöteten Hagedorn berichtet, doch für einen Haftbefehl sei die Beweislage nicht ausreichend.

Eine weitere Nachricht versetzt mich in Alarmzustand: Lilli ist wieder da. Wo sie gefunden worden ist, verschweigen die Behörden, sie teilen nur mit, dass es ihr gut gehe und sie in ärztlicher Behandlung sei. Einzelheiten erfahre ich nicht.

Mir fällt auf, dass ich die letzten Tage kaum an Lilli gedacht habe. Fast schäme ich mich. Ich mag die Kleine wirklich, aber sie hat es letztendlich ihrer Mutter zu verdanken, dass ich sie als Mittel für meine Rache benutzt habe.

Wenn mein Plan aufgegangen wäre, hätte niemand erfahren, dass Lilli nicht allein war, als sie ihre Mutter tötete. Dieser vermaledeite Nerd! Würde es den Film aus dem Rauchmelder nicht geben, wäre alles perfekt gewesen. Selbst wenn Lilli irgendwann behauptet hätte, von mir das Messer bekommen zu haben, hätte man ihr nicht geglaubt. Und Lilli selbst konnte ja nichts passieren, sie ist strafunmündig.

Ob Julia schon wieder in ihrer Wohnung ist? Von oben ist kein Geräusch zu hören. Ich darf jetzt keinen Fehler machen. Ich bin Marions trauernde Schwester, Tante eines traumatisierten Kindes, das sich in dieser Welt nicht zurechtfindet.

Ich rufe Luis auf dem Handy an. »Ihr habt Lilli gefunden!«, sage ich mit erfreuter Stimme. »Wo ist sie? Kann ich die Kleine besuchen? Warum sagt mir niemand Bescheid?«

»Mach dir keine Sorgen, Alix«, beruhigt er mich. »Es geht ihr gut.«

»Das ist die Hauptsache«, seufze ich. »Und Waremme? Gibt es schon was Neues?«

»Ich kann jetzt nicht reden«, wimmelt er mich ab. »Ich muss zu einer Besprechung.«

Meine Unruhe steigt.

Ein Artikel zu viel

Die Decke muss weg. Ich packe sie zu Marions Kleidern, die in einem großen Sack im Abstellraum untergebracht sind, schleppe alles in den Lift und dann ins Auto. Auf dem städtischen Recyclinghof im Süden der Stadt stehen Container für Altkleider und Textilien.

Ich hieve den Sack hinein. Hinter mir warten schon weitere Leute mit Plastiksäcken. Ich atme auf – geschafft!

Habe ich noch etwas vergessen? Die Fensterbank und den Rahmen habe ich schon gründlich gereinigt und sogar desinfiziert – für alle Fälle, falls man mein Fenster nach Spuren untersucht.

Spuren von Waremme kann man natürlich in meiner Wohnung finden. Schließlich war er einige Male bei mir, was allgemein bekannt ist.

Ich fahre zurück. Die Polizei ist abgezogen, die Gaffer haben sich getrollt. Auf der Bank vor dem Haus döst der Ex-Bandido. »Das hat der Kerl sich selbst zuzuschreiben«, ruft er mir zu. »Er hat einen Artikel zu viel geschrieben.«

»Was meinen Sie?«, frage ich.

Schlotterbeck zuckt die Schultern. »Was weiß denn ich? Er hat sich viele Feinde gemacht mit seiner dreckigen Schreiberei.«

»Sie müssen ja wissen, wie man sich Feinde macht«, gebe ich zurück. »Wie lange haben Sie eigentlich insgesamt schon im Knast gesessen?«

Er lacht höhnisch. »Besser, als jeden Tag im Dreck zu wühlen.« Er wendet sich wieder seinem alkoholischen Kaltgetränk zu.

Ich gehe ins Haus und fahre in den fünften Stock.

Julia öffnet.

»Lässt du mich rein?«, frage ich.

Sie tritt zurück. Ich werte das als Einladung.

»Willst du einen Kaffee?«, fragt sie.

Ihre Frisur ist verstrubbelt, die Gesichtsfarbe fahl und die Lippen rissig.

»Es tut mir sehr leid«, sage ich.

»Was genau tut dir leid?« Ihr Ton ist scharf.

»Alles.«

»Was ›alles‹?«

»Julia, bitte! Sei nicht sauer auf mich«, sage ich. »Ich entschuldige mich und verstehe, dass du Luis und mich rausgeschmissen hast. Aber wir mussten dir diese Fragen stellen. Luis ist Polizist und ich helfe ihm, so gut ich kann.«

»Ja, ich weiß, ihr seid so gute Menschen.« Die Ironie ist nicht zu überhören.

Die Kaffeemaschine meldet sich mit einem Schluchzer. Julia nimmt eine Tasse aus dem Hängeschrank, füllt sie und reicht sie mir. Dabei stolpert sie. Der heiße Kaffee ergießt sich über meine Hose. Vor Schreck schreie ich auf. Sie lächelt mich an – fast schadenfroh. Ich greife nach einem Küchenhandtuch und wische die Flüssigkeit auf. Julia rührt sich nicht.

»Ich geh dann mal«, sage ich. »Schönen Tag noch.«

»Gleichfalls.«

Mein Oberschenkel brennt, doch der Rest meines Körpers ist kalt.

Jeder Muskel meines Körpers tut mir weh. Es ist fast so wie damals. Da war ich so alt wie Lilli. Ich hockte Stunde um Stunde im Dunkeln, konnte mich kaum bewegen. Vor Angst riss ich mir die Haare aus und kratzte meine Haut auf.

Ich schließe die Wohnungstür von innen zu, dämme das Licht, stelle Handy und Festnetztelefon ab, nehme eine Tablette gegen die Muskelschmerzen und lege mich ins Bett. Mein Kopf braucht Ruhe, damit meine Seele sich entspannen kann.

Kontrolle behalten

»Alix, wach auf!« Es ist Luis. Wie kommt er hier rein? Ich habe doch alles verriegelt.

»Reg dich nicht auf«, bittet er. »Ich hab deine Tür geknackt, weil ich dachte, dir sei etwas passiert.«

»Ich bin nur erschöpft«, lalle ich und strecke meine Glieder. »Und ich habe Tabletten genommen. Ich frage mich allerdings, warum mir jemand etwas antun sollte. Ich bin der unschuldigste Mensch der Welt.«

»Ich weiß.« Er lacht – glaubt, dass ich mal wieder eine meiner schnippischen Repliken absondere. Wenn er ahnte, dass ich eine kaltblütige Mörderin bin! Mein Bein schmerzt, Julias Kaffee war verdammt heiß.

Ich trage nur einen Slip und ein T-Shirt. Luis bemerkt die Rötung auf meiner Haut. »Was ist das?«

»Ich hab mir heißes Wasser übers Bein gegossen«, lüge ich.

»Leg dich wieder hin«, schlägt er vor. »Ich mache dir einen kalten Umschlag. Hast du Eiswürfel im Kühlschrank?«

Ich lasse mich von ihm verarzten. Tatsächlich hilft es, der Schmerz lässt nach und ich genieße seine Zuwendung.

»Möchtest du mit mir schlafen?«, frage ich.

Er schaut mich an. »Möchtest du das denn?«

»Ich weiß es nicht.«

»Alix, du befindest dich in einer psychischen Ausnahmesituation. Wenn ich jetzt mit dir schlafen würde, hätte ich das Gefühl, die Situation auszunutzen. Und das will ich nicht.«

Er lässt sich nicht manipulieren. Das macht mich unsicher und ihn stärker. Ich muss unbedingt die Kontrolle behalten.

»Wie geht es Lilli?«, frage ich. »Darf ich sie besuchen?«

»Zurzeit nicht. Die Staatsanwaltschaft will sie von allen Einflüssen fernhalten, die mit dem Tod ihrer Mutter zusammenhängen.«

»Wo ist sie denn untergebracht worden?«

»Das weiß ich nicht.«

»Doch, du weißt es.«

»Es geht ihr gut«, sagt er. »Mach dir keine Sorgen.«

»Luis! Ich bin ihre einzige Verwandte. Sie wird sich einsam und allein fühlen.«

»Sie ist in einer liebevollen Pflegefamilie, die mit autistischen Kindern Erfahrung hat. Mehr darf ich nicht sagen.«

Ich sage ihm nicht, dass mich Lillis Gemütszustand nicht interessiert, sondern nur, ob sie sich daran erinnert, wer ihr das Messer gegeben hat, mit dem sie ihre Mutter erledigt hat.

»Hat sie schon erzählt, dass Julia ihr das Messer gereicht hat?«

»Das weiß ich nicht. Dafür sind andere Kollegen zuständig. Aber ich kann dir verraten, dass wir heute Waremmes Arbeitsplatz in der Zeitungsredaktion durchsucht und seinen Dienstcomputer beschlagnahmt haben«, teilt Luis mit. »Er wird gerade von unseren Fachleuten untersucht.«

Mein Puls wird schneller. »Und was erwartet ihr zu finden?«

»Was wohl? Hintergrundmaterial zu seinen Recherchen. Journalisten haben gewöhnlich mehr Infos, als sie letztendlich veröffentlichen.«

Ich will noch weiter nach Waremme und den Ermittlungen zu seinem Tod fragen, aber ich lasse es. Luis ist nicht dumm und könnte Verdacht schöpfen.

Eine Akte mehr

Ich erinnere mich: Vor einigen Monaten bin ich ins Horrorhaus gefahren, um Marion und Lilli zu besuchen. Da auf mein Klingeln niemand reagierte, nahm ich den Schlüssel aus dem Blumentopf und öffnete die Wohnung. Ich fand Marion betrunken und schlafend im Bett. Nach einer Weile wachte sie auf, blieb aber desorientiert.

Lilli hatte den gesamten Tag kein Essen bekommen und nur Leitungswasser getrunken, erzählte sie mir. Im Kühlschrank fand ich – neben etlichen Flaschen Wein, Gin und Wodka – etwas Brot und Käse. Lilli stopfte beides in sich hinein. Danach verschwand sie im Badezimmer. Marion schlief weiter. Damals hatte ich kurz die Idee, das Jugendamt zu informieren, doch das hätte mir Marion nie verziehen.

Handyklingeln unterbricht meine Erinnerungen.

Es ist Luis. »Wir haben uns Waremmes Computer angesehen. Er hatte begonnen, eine Akte über dich anzulegen. Er wollte wohl beweisen, dass du deine Schwester getötet hast.«

»Und welches Motiv sollte ich haben?«, will ich wissen.

»Das Geld in der Schweiz?«

»Ich wusste davon nichts. Und niemand kann das Gegenteil beweisen, weil ich die Wahrheit sage.«

Luis legt nach. »Er bezeichnet dich als Psychopathin. Sag mir, was ich darüber denken soll.«

Meine Antwort kommt schnell. »Waremme ist verrückt geworden.«

»Hat er versucht, dich zu erpressen?«

»Nein. Es gibt nichts, mit dem man mich erpressen könnte.« Und wenn – setze ich in Gedanken dazu –, dann würden er oder sie es bereuen.

Es wird eng. Wenn Luis mir sein Vertrauen entzieht, erfahre ich nichts mehr über die Ermittlungen. Aber vielleicht ist das gar nicht so schlecht, denke ich, dann kann ich unbefangener agieren. Die Nervosität, die mich ab und zu überfällt, kenne ich nicht von mir. Bisher habe ich mich meist gut unter Kontrolle gehabt und fast immer überlegt reagiert.

Damit das so bleibt, schalte ich ab jetzt in den Gleichgültigkeitsmodus. Auch Luis gegenüber.

Sehen, was die Nachbarn treiben

Ich habe seit Tagen kaum etwas gegessen und ich weiß, dass mir dieser Zustand nicht guttut. Dann mache ich Fehler, raste aus oder verstecke mich da, wo mich niemand vermutet, noch nicht mal ich selbst. Das sind Stunden, in denen ich verwundbar bin, und ich bemühe mich, sie zu vermeiden.

Das *Wohnzimmer* ist ein Restaurant in der Nähe des Horrorhauses. Es werden leicht nordafrikanisch angehauchte Speisen zu angenehmen Preisen angeboten. Ich entscheide mich für überbackene Kichererbsen mit Joghurt und Salat. Dazu Oliven mit Knoblauch und Kräutern, Brot und Wein.

Leise Musik perlt durch den Raum, begleitet von dem Geruch nach geröstetem Fleisch und Pfefferminztee. Draußen regnet es in Strömen. Die Natur braucht Wasser und ich brauche Alkohol. Gierig schütte ich den roten Hauswein in mich hinein. Er wärmt mich.

»Geht es Ihnen gut?«, fragt die Bedienung.

»Nicht wirklich«, antworte ich. »Mich hat gerade eine Erkältung im Griff.«

Ich drifte an diesen einen Tag zurück. Den Tag, der mir die Angst in meinen Körper und in meine Seele gezwungen hat. Angst, die ich nie mehr losgeworden bin. Marion war zwanzig und ich zehn Jahre alt. Mama und Papa hatten sich für drei Tage verabschiedet, um einen Termin in London wahrzunehmen. Marion sollte auf mich aufpassen.

»Hallo, Frau David«, werden meine Erinnerungen unterbrochen. Vor mir steht der Nerd, Oskar Hansen. Er ist leicht beschwipst. »Darf ich mich setzen?«

»Wenn Sie Lust auf Small Talk haben, gehen Sie lieber an einen anderen Tisch«, rate ich ihm. »Mir geht es gerade nicht gut.«

Er setzt sich trotzdem. Die Kellnerin bringt neuen Wein, fragt den Herrn nach seinen Wünschen. Hansen bestellt ein Wasser.

»Es ist immer gut, einen Gesprächspartner zu haben, wenn es einem schlecht geht«, erklärt Hansen. »Ich wollte Ihnen schon länger mal sagen, dass mich Ihre Schwester damals beauftragt hat, den Film für die Bank zu drehen.«

»Welchen Film?«

»Der, in dem Ihre Schwester Ihnen das Geld vermacht. Der auf dem Stick«, erklärt er. »Ich habe natürlich nicht erwartet, dass ... na ja ... Ihre Schwester so früh verstirbt.«

»Das hat mich auch überrascht«, stimme ich ihm zu. »Weiß die Polizei das?«

»Ja, aber das war wohl nicht so interessant für die Bullen«, antwortet er. »Die haben sich nicht mehr bei mir gemeldet.«

»Wenn Sie den Auftrag von meiner Schwester hatten, ist rechtlich alles klar«, sage ich. »Und was machen die Ermittlungen gegen Sie wegen Ihrer Spionage-Videos?«

»Mein Anwalt arbeitet daran, dass ich mit einer Geldstrafe davonkomme«, erklärt er. »Das heimliche Herstellen von Bildaufnahmen kann mit Knast bis zu zwei Jahren bestraft werden – das aber nur in schlimmen Fällen. Ich hab die Videos ja nirgendwo reingestellt. Die waren nur für mich.«

»Und? Hat es Ihnen gefallen zu sehen, was Ihre Nachbarn so treiben?«

Er wird verlegen. »Na ja, anfangs hab ich mir die Sachen angeguckt, aber mit der Zeit wurde das langweilig. Der Geiger hat gegeigt, der Gärtner hat seine geklauten Frauenschuhe geputzt, der Pfaffe hat sich Kinderpornos reingezogen und sich dabei einen runtergeholt und Schlotterbeck, der alte Gauner, hat die

Zeitungsausschnitte von seinen Schandtaten immer und immer wieder gelesen.«

»Und Babygirl?«, frage ich.

»Das war anfangs ganz okay, aber im Internet gibt es viel Besseres, und das auch kostenlos. Die Kamera war ja nicht beweglich, konnte also keine Ranfahrten und Nahaufnahmen machen, oft war das Licht ungünstig, die Leute sahen aus wie Zombies und der Ton war miserabel.«

»Bleibt noch Julia«, sage ich. »Gibt es auch Aufnahmen von ihr?«

»Das weiß ich gar nicht mehr. Aber da mich die Frau ohnehin nicht interessiert hat, war mir das egal. Nein, die Julia interessiert mich nicht. Es war klar, dass bei ihr nichts Spannendes passiert.«

Ein tödlicher Plan

Marion stand vor mir. Sie war wunderschön. Ihre blonden Haare waren gelockt, sie hatte Nagellack aufgetragen und duftete nach Rosenblättern. Ihr Kleid war neu. Ich hatte ihr geholfen, es auszusuchen. Tagelang hatten wir Kataloge von Modehäusern der oberen Klasse durchgeblättert und uns einige Roben zur Ansicht schicken lassen. Oben glitzerte es wie verrückt und der knöchellange schwarze Rock war aus feiner Seide – so, wie es damals modern war.

»Ich muss los«, sagte sie. »Und ich kann dich nicht mitnehmen. Du musst hierbleiben.«

»Ich will aber mit.«

»Das geht nicht.«

Ich wurde wütend. »Du hast Papa und Mama versprochen, auf mich aufzupassen«, rief ich. »Wenn du mich allein lässt, klettere ich aus dem Fenster und laufe weg.«

»Verdammtes Balg!«, schrie sie. »Du bist schon zehn Jahre alt und wirst ja wohl ein paar Stunden allein bleiben können!«

Jetzt sah Marion nicht mehr so schön aus.

Sie packte und schüttelte mich. Auf dem Tisch lag eine Schere. Ich griff nach ihr, doch Marion schlug sie weg.

Achtundvierzig Stunden habe ich in diesem Schrank verbracht. Voller Angst, Leid, Entsetzen. Ich habe die Schläge meines Herzens gespürt, mir die Fingerkuppen an dem Schrank blutig gekratzt, gejammert, gebettelt, gewütet, geschrien, die Welt und Marion verflucht. Ich habe in meine Hose geschissen, mich vor mir selbst geekelt und gekotzt und mir vorgenommen, dass ich – falls ich dem Tod entrinne – Marion töten würde.

Ich habe den Schrank sofort wiedererkannt, als ich Marion vor einigen Wochen besucht habe. »Erinnerst du dich noch an das alte Ding?«, hat sie mich frech gefragt.

Nach wie vor steht er in der Wohnung. Schwer, altmodisch und düster. Das Holz riecht wie damals. Leicht rauchig. Ich streiche mit der Hand über die Schnitzereien an den beiden schweren Türen – Weinblätter mit Trauben. Die Innenseiten der Türflügel haben Kratzer. Meine Kratzer.

Ich lege mich ins Bett. Bis zum Mittag schlafe ich durch. Ohne Träume.

Inzwischen werden die Tage erträglicher. Die träge Hitze ist vorbei, nachts regnet es kräftig. Ich schaue nach frisch eingetroffenen Manuskripten, überweise das geerbte Geld, über das ich inzwischen verfügen kann, auf verschiedene Konten, speichere alle wichtigen Daten in einer Cloud, zu der nur ich Zugriff habe. Für den Fall, dass ich die Stadt verlassen muss, schaue ich mir Wohnungen in Metropolen an, die kurzfristig zu beziehen und langfristig zu mieten sind.

Zwischendurch grübele ich, ob ich alles richtig mache. Luis meldet sich nicht, für die Zeitungen ist das Horrorhaus kein Thema mehr. Reporter Waremmes Beerdigung wird im redaktionellen Teil gewürdigt, neue Ermittlungsergebnisse scheint es nicht zu geben.

Eines Morgens liegt eine Vorladung der Staatsanwaltschaft in meinem Briefkasten. In zwei Tagen soll ich zu einer Vernehmung kommen. *Strafsache zum Nachteil von Branco Waremme* – so der Betreff.

Ich rufe Luis an und spreche auf seine Mailbox. Er meldet sich kurze Zeit später.

»Mach dir keine Sorgen«, beruhigt er mich. »Alle Hausbewohner, die ihn kannten, sind vernommen worden. Wie geht es dir?«

»Ich vermisse dich«, antworte ich wahrheitsgemäß.

»Heute Abend werde ich dich auf den neuesten Stand bringen«, kündigt er an.

»Ich freue mich.«

Glück pur

In all meinen Zimmern rieche ich Waremmes penetrantes Herrenparfum. Nachts lasse ich die Fenster offen. Kaum schließe ich sie, ist der Geruch wieder da. Ich wische Stühle und Tische ab, doch jetzt nimmt mir der scharfe Geruch des Allzweckreinigers den Atem.

Ich lüfte erneut. Auf der Straße ist es ruhig. Auf der Bank vor dem Haus sitzt eine Mutter mit Kinderwagen. Sie hat das Baby herausgeholt und wiegt es in den Armen. Das Kleine gluckst vor Freude. Es muss ein Junge sein, denn sein Stimmchen ist laut und fordernd. Die Frau öffnet die Knöpfe ihrer Bluse und gibt dem Bengel die Brust. Ich bin merkwürdig ergriffen von dem Bild. Fast kommen mir die Tränen.

Aus der Malerei kenne ich viele Gemälde mit dieser so intimen und kreatürlichen Szene. *Maria lactans.* Albrecht Dürer hat 1503 sein Bild *Maria, das Kind stillend* genannt. Die Gottesmutter hat ihren Sohn an der Brust. Der Kleine nuckelt versonnen. Maria beugt ihr Haupt und lächelt, beide scheinen pures Glück zu empfinden. Ob ich dieses Gefühl als Säugling auch erlebt habe? Ich weiß es nicht, aber ich fühle, dass es so gewesen sein muss, ich es nur vergessen habe.

Ich habe noch feuchte Haare vom Duschen, als Luis erscheint. Er umarmt mich und sagt, dass er sich freut, mich zu sehen. Ich bin länger in seinen Armen, als ich will.

Wir setzen uns in die Küche, ich hole eine Flasche aus dem Kühlschrank und schenke ein. Der Prosecco perlt.

Luis nimmt meine Hand. »Ich bin hier, um dir zu helfen«, sagt er.

»Schade, ich hab die Bude gerade geputzt. Aber die Fenster hätten es auch nötig«, entgegne ich. »Der Glasreiniger steht im Bad.«

»Sehr witzig«, sagt er.

»Sorry, ich hab nun mal diese Affinität zu schlechten Witzen.«

»Meine Witze sind auch nicht besser«, gibt Luis zurück und trinkt einen Schluck.

»Wie geht es Lilli?«, frage ich.

»Immer besser«, antwortet Luis. »Sie erinnert sich jetzt an den Abend, an dem ihre Mutter erstochen wurde.«

»Wunderbar«, rufe ich aus. »Darfst du mir erzählen, was passiert ist?«

»Weißt du es nicht?«

»Klar«, sage ich. »Lilli hat ein Messer gereicht bekommen und ihre Mutter erstochen. Oder nicht?«

»Doch«, nickt Luis. »Das Neue ist, dass sie sich jetzt erinnert, wer ihr das Messer gegeben hat.«

»Und?«

»Du!«

»Was?« Ich lache hysterisch.

Luis bleibt ernst.

»Arme Lilli«, sage ich. »Hat man sie so lange mit Fragen gequält, dass sie lügen muss?«

»Das kann ich nicht beurteilen«, antwortet Luis.

»Und? Nehmt ihr mich jetzt fest?«

»So schnell nehmen wir niemanden fest.«

Ich leere mein Glas Prosecco. »Was erwartest du? Soll ich dir jetzt sagen, dass ich Lilli das Messer gegeben habe? Willst du ein Geständnis, Herr Hauptkommissar?«

»Aber nein. Ich kann mir nicht vorstellen, dass du ein kleines Kind so missbrauchen würdest.«

»Also legst du mir keine Handschellen an?«

Er lächelt. »Nein … Oder sagen wir: noch nicht.«

Ich bemühe mich um einen lockeren Ton. »Dann krieg ich ja etwas Aufschub. Meinst du, jemand glaubt Lilli?«

Er zuckt die Schultern.

»Es gibt noch ein Problem«, fährt er fort. »Waremme. Er hatte dich – laut seinen Notizen in der Redaktion – in Verdacht und ist jetzt tot. Die Kollegen von der Spurensicherung werden deine Wohnung noch einmal durchsuchen.«

»Ich war doch am Phoenix-See«, erinnere ich ihn.

»Ich weiß«, seufzt er. »Die Kollegen von der Streife haben das bestätigt. Von deiner Wohnung aus braucht man knapp fünfzehn Minuten für den Weg. Zeitlich könnte man es schaffen. Du erschießt Waremme, fährst zum Phoenix-See, sprichst mit den Kollegen, kommst zurück und wirfst die Leiche aus dem Fenster.«

»Du solltest Krimis schreiben«, empfehle ich.

»Gute Idee«, meint er. »Aber dieser Plot ist ja nichts Besonderes, oder?«

»Den kann man noch etwas pimpen«, tröste ich. »Wir schmeißen ein paar Aliens oder Dinosaurier in den Text und die Sache stimmt.«

Polizeisirenen! Sein Handy meldet sich. Luis nimmt das Gespräch an, hört zu. »Im vierten Stock. Bis gleich. – Die Spurensicherung ist da«, erklärt er mir. »Mit dem Durchsuchungsbeschluss. Es wird nicht lange dauern. Wir wissen, wonach wir suchen.«

Wir wissen, wonach wir suchen. Was bedeutet das?

Es klingelt. Ich öffne die Tür. »Kommen Sie rein«, sage ich forsch. Sie tragen weiße Plastikanzüge mit Kapuze und Mundschutz. Vier Männer von einem anderen Stern.

»Am besten, wir stören die Kollegen nicht«, sagt Luis und zeigt ihnen den Weg ins Schlafzimmer. Die Weißlinge treten ein, gehen zum Fenster, betrachten, prüfen es und nehmen Lackproben. Ich bin nervös. Habe ich etwas vergessen, einen Fehler gemacht?

In der Küche stelle ich das Radio an. Das Gedudel der Musik fährt meine innere Spannung hinunter. Ich schließe die Augen.

Ein dummer Fehler

»Wir haben es gefunden«, sagt einer der Spurensicherer. Er trägt Handschuhe und hält Luis etwas entgegen. Es ist ein Mobiltelefon.

Luis zeigt es mir. »Ist das deins?«

Ich weiß, dass es Waremme gehört, behaupte aber, es nicht zu kennen. Das Logo von Borussia Dortmund klebt auf der abgewetzten Lederhülle.

»Wo haben Sie das denn gefunden?«, frage ich.

»Unter dem Heizkörper am Fenster«, antwortet der Kriminaltechniker. »Vielleicht ist es jemandem aus der Tasche gefallen. Es ist ausgeschaltet und vermutlich kaputt.«

Luis öffnet die Hülle. Auf der Innenseite der Lederlasche steht handschriftlich: *Waremme*. Der Mann lässt sich eine Plastiktüte geben und legt das Telefon hinein.

»Danke, Kollegen. Das war's. Ab ins Labor damit.«

Die Leute verabschieden sich. Luis bleibt.

»Jetzt sind wir einen Schritt weiter«, sagt er. »Es kam mir gleich seltsam vor, dass ausgerechnet ein Reporter kein Telefon dabeihaben sollte. Tasche, Kamera, Tablet ... alles war da und lag im Garten – bis auf das Handy. Wir haben versucht, es zu orten, hatten aber keinen Erfolg.«

»Vielleicht hat er das Telefon irgendwann hier verloren. Tage vor seinem Tod«, sage ich.

»Nein, das passt nicht. Das Erste, was sich ein Reporter neu besorgt, wenn es weg ist, ist ein Handy. Damit wartet kein Journalist einfach ein paar Tage«, entgegnet Luis. »War Waremme an dem Tag hier in deiner Wohnung? Hat er dich angegriffen? Hast du dich gewehrt? Hat er dich erpresst? Hast du ihn erschossen? Alix, was ist passiert?«

Ich kann nicht mehr. »Ich möchte allein sein. Bitte geh!«

»Wie du willst«, sagt er resigniert. »Ich würde dir gern helfen, aber du musst es auch wollen.«

Mega-Party

Damals: Marion war zu einer Fete gegangen und hatte mich vorher in den Kleiderschrank eingesperrt, damit ich nicht weglaufen konnte. Sie kam in der Nacht nicht zurück, auch nicht im Morgengrauen und nicht später. Ich schrie, bis ich keine Stimme mehr hatte, trat gegen die Türen, hatte Durst und einen geschwollenen Hals. Ich wünschte mir, tot zu sein, und verlor die Besinnung.

Dann traf mich Licht. Wie ein Blitz. Marion stand vor mir.

»Tut mir leid, Alix«, stotterte sie. »Ich hab dich völlig vergessen. Die Party war so mega, dass ich erst jetzt wieder da bin. Bin echt versackt.«

Sie griff nach mir und zog mich aus dem Schrank. Sie roch nach Alkohol. Ich roch nach Urin und Scheiße. Das sagte sie mir dann auch. Sie hielt sich die Nase zu und wandte ihren Kopf ab. »Geh mal duschen, Süße.«

Ich stand auf unsicheren Beinen, tapste wie eine alte Frau ins Bad, schloss die Tür von innen ab. Ich drehte den Hahn auf und schlürfte kaltes Wasser, ließ es über Arme und Gesicht laufen. Im Spiegel blickte mir eine zerstörte Seele entgegen. Ich sah in meine Augen, aber ich erkannte mich nicht.

Die Dusche war angenehm warm. Ich entfernte die Kleider, die an meinem Körper klebten, schüttelte mich vor Ekel. Das Wasser lief lange.

Draußen meckerte Marion. »Beeil dich«, knallte ihre Stimme durch die Tür. »Ich muss pinkeln!«

Ich erholte mich langsam. Wasser klatschte auf meine Haut

und erweckte mich zum Leben. Das Duschgel roch nach Blumenwiese und das Shampoo nach Zitrone.

Ich wickelte mich in ein großes Badetuch. Die Angst verging nicht.

»Nun mach endlich auf!«, klang es ins Bad hinein.

Ich schloss auf. Marion drückte mich beiseite und setzte sich aufs Klo.

»Alles wieder gut?«, fragte sie.

»Ich hasse dich«, antwortete ich.

Marion flehte, dass ich meiner Mutter und meinem Vater nichts erzähle. In den nächsten Tagen las sie mir jeden Wunsch von den Augen ab. Sie brachte mich zur Schule und holte mich wieder ab. Wir aßen zusammen Eis und besuchten den Zoo. Marion hatte Angst, dass ich sie verraten würde. Ich schwieg. Meine Eltern kamen aus dem Urlaub zurück. Sie waren entspannt und bedankten sich bei meiner großen Schwester, dass sie auf mich aufgepasst hatte. Doch Dunkelheit und Panik hatten mich verändert. Für immer.

Vernehmung durch die Staatsanwaltschaft: Man weist darauf hin, dass ich einen Anwalt mitbringen darf. Es wird eng.

Doch ich will keinen Anwalt. Wenn ich als Beschuldigte vernommen werde, muss ich nichts sagen, was mich belastet.

Für alle Fälle rufe ich Luis an. »Weißt du, was der Staatsanwalt von mir will?«

»Ich bin raus aus der Geschichte«, antwortet er.

»Luis! Deine Kollegen werden dich schon informiert haben!«

Pause. »Du irrst dich«, behauptet er und legt auf.

Dreißig Sekunden später habe ich Luis wieder am Telefon. »Du bist die Hauptverdächtige. Wenigstens das solltest du wissen. Warum hast du das gemacht, Alix?«

Jetzt lege ich auf.

Keine Fluchtgefahr

Der Staatsanwalt ist ein junger Schnösel. Er ist unsicher, spielt mit seinem Kugelschreiber, den er ständig ein- und ausklickt. Ding – ding – ding. In dem Aschenbecher auf seinem Schreibtisch lümmeln sich halb gerauchte Zigaretten. Ein halb aufgegessenes Butterbrot mit Harzer Käse macht diesen Termin zur olfaktorischen Folter.

Zunächst versucht er es mit der Masche »Vertrauen aufbauen und einlullen«. Er erkundigt sich nach meinem Beruf, der ihn angeblich fasziniert, nach dem Motto: Bücher sind auch meine Leidenschaft.

Mir reicht es und ich frage: »Warum bin ich hier?«

»Es geht um den Besuch des Geschädigten Waremme in Ihrer Wohnung«, antwortet er. »Was wollte der Mann von Ihnen?«

»Mich erpressen«, antworte ich. »Er hatte angeblich belastendes Material gegen mich. Er wollte mich erpressen und verlangte Geld. Außerdem hat er mich sexuell bedrängt. Es war Notwehr.«

»Schildern Sie, was genau passiert ist.«

Ich bitte um ein Glas Wasser und behaupte, aufs Klo zu müssen. Zeit genug, um mir eine Geschichte zurechtzulegen. Ein Justizangestellter bewacht die Toilette.

»Er wollte hunderttausend Euro«, lüge ich. »Seine Behauptung, dass ich alles eingefädelt hätte, um Marion zu töten, hat mich völlig verunsichert. Außerdem sagte er, er habe Beweise. Ich bekam Angst. Mein seelischer Zustand ist gerade instabil. Waremme genoss meine Unsicherheit. Irgendwann fläzte er sich in einen Sessel, öffnete seinen Gürtel, holte sein Ding raus und grinste fett. Ich sollte ihn erst ›verwöhnen‹, forderte er, danach würde er mir alles sagen. Mühsam unterdrückte ich meinen Würgereiz und behauptete, mich kurz frisch machen zu wollen. Im Bad holte ich die Pistole aus dem Wäscheschränkchen, ging zurück und knallte ihn ab. Er hatte keine Zeit zu reagieren. Leider hatte ich das Handy übersehen – ein dummer Fehler.«

Nach meiner Aussage darf ich gehen, weil nach Ansicht des Staatsanwaltes keine Fluchtgefahr besteht.

Neues Leben

Mein Auto steht am Straßenrand. Ich fahre in meine Wohnung und schnappe meine kleine Reisetasche. Ja, die neuen Papiere sind drin. Bandido Schlotterbeck hat mir schon vor Wochen einen neuen Personalausweis und einen Reisepass besorgt. Zehntausend Euro hat mir der Kerl dafür abgenommen.

Rauf auf die Autobahn Richtung Düsseldorf. Ich aktiviere mein Mobiltelefon. Drei Versuche, mich zu erreichen, alle von Luis. Ich mache das Handy unbrauchbar und werfe es aus dem Autofenster.

Die Fahrt verläuft ohne Zwischenfälle.

Nach rund siebzig Kilometern stelle ich mein Auto auf dem Flughafenparkplatz ab. Adieu, alte Rostlaube! Wehmütig streichele ich die Motorhaube. Alix David ist Geschichte. Mein neues Leben beginnt!

In der Abflughalle ist nicht viel los. Ich gehe zum Eurowings-Schalter, um einen Flug zu buchen.

»Wohin möchten Sie?«, fragt die Frau hinter dem Tresen.

»Egal. Am besten an einen Ort am Meer mit viel Sonne.«

Ich lege ihr meinen Reisepass vor. Sie greift nach ihm und vergleicht das Foto mit mir.

»Moment. Ich sehe mal nach.« Sie schaut in den Monitor und tippt, schaut mich zwischendurch immer wieder an.

Wie heiße ich eigentlich? Mir fährt ein Schock durch die Glieder. Ich habe den Namen mehrfach gelesen, doch jetzt fällt er mir nicht mehr ein!

»Haben Sie Gepäck, Frau Gerlach?«

»Nur das hier.« Ich hebe die Reisetasche hoch.

Ja, Gerlach. Brigitte Gerlach. So heiße ich jetzt.

Die Frau telefoniert. Leider kann ich sie nicht hören. Mir ist noch immer unwohl. Warum dauert das so lange? Die Frau nickt mir zu, aber sie sieht an mir vorbei.

Plötzlich spüre ich, dass mich jemand am Arm packt. Ich drehe mich um. Zwei Männer in Uniform stehen vor mir.

»Flughafenpolizei«, sagt einer. »Bitte kommen Sie mit, Frau David.«

Ich weiß, dass es keinen Sinn hat zu leugnen. Der zweite Mann greift nach meiner Reisetasche, der andere legt mir eine Handfessel an.

Notwehr

Am frühen Nachmittag kommen wir wieder in Dortmund an. In meiner Wohnung darf ich mir frische Kleidung anziehen. Zwei Polizistinnen passen auf mich auf. Aufs Klo darf ich allein. Ich hole den BH mit den Tabletten aus dem Wäschepuff und lege ihn an, packe im Schlafzimmer ein paar Kleidungsstücke ein.

Ich werde sogleich dem Haftrichter vorgeführt, der Untersuchungshaft anordnet. Es ist Wochenende und er will nichts falsch machen.

Immerhin bekomme ich heraus, wieso mich die Polizei erwischt hat. Bei der routinemäßigen Hausdurchsuchung wegen des Mordes an Waremme hat die Kriminalpolizei bei Schlotterbeck entdeckt, dass er einen Personalausweis und einen Reisepass auf den Namen Brigitte Gerlach gefälscht hat – mit meinem Foto im Ausweis. So ein Idiot!

Jetzt sitze ich in U-Haft. Die ersten Stunden sind nicht schlimm, denn ich bin völlig erschöpft, brauche Ruhe und schlummere weg. Irgendwann weckt man mich.

Im Polizeipräsidium wartet ein Kriminalbeamter auf mich und bringt mich zum Verhör. Luis. Er ist bleich, sieht fertig aus und teilt mir mit, dass unser Gespräch aufgezeichnet wird und dass ich mich nicht selbst belasten muss. Der übliche Spruch beim Verhör von beschuldigten Personen. Ich lächle ihn an, doch er wendet das Gesicht ab und schaut aus dem vergitterten Fenster.

»Wie ist das alles passiert?«, fragt er.

»Was meinst du?«

»Du hast Lilli für deine Rache missbraucht. Warum?«

Ich fasse kurz zusammen, was mir Marion angetan hat, als ich zehn Jahre alt war, schildere die Stunden der Angst in dem dunklen Verlies, das einem Grab ähnlich war.

»Warum hat du sie nicht selbst erstochen?«, will er wissen.

»Es passte alles so gut zusammen«, antworte ich. »Lilli ist so alt wie ich damals.«

»Du lügst.« Sein Ton ist hart und sein Blick erbarmungslos. »Du hast genau gewusst, dass Lilli nicht bestraft werden kann. Und gehofft, dass nie herauskommt, dass Lilli nicht allein in dem Raum war.«

»Ja«, nicke ich. »Wirfst du mir jetzt vor, dass ich nachgedacht und die Konsequenzen abgewogen habe?«

»Und Waremme?«, fragt er.

»Das weißt du doch schon. Als er seine Hose geöffnet und seinen dreckigen Schwanz rausgeholt hat, habe ich rotgesehen!«, erkläre ich. »Es war Notwehr!«

Luis schüttelt den Kopf. »Nein. Vielleicht hätte ein einfaches ›Lass mich in Ruhe‹ auch gereicht.«

»Ach so. Ich hätte also warten sollen, bis er mich vergewaltigt hat?«

»Alix, du willst mich missverstehen«, seufzt er. »Vor Gericht wird alles geklärt. Ich werde dir einen guten Verteidiger besorgen, wenn du das möchtest. Mehr kann ich nicht für dich tun.«

»Danke.«

Er stellt weitere Fragen, die ich ehrlich beantworte, und ich unterschreibe meine Aussage.

Er drückt die Sprechanlage. »Wir sind fertig. Frau David kann zurück in die Untersuchungshaft.«

Luis hält sein Versprechen und besorgt mir einen erfahrenen Strafverteidiger. Er heißt Dr. Möring. Außerdem muss ich einige Male mit einem Psychiater sprechen. Der hält meine kindlichen

Erfahrungen in dem schrecklichen Schrank für strafmildernd und die Tötung Waremmes für die nachvollziehbare Reaktion einer traumatisierten Frau. Der Psychoarzt attestiert mir eine akute schizophrene Psychose mit Realitätsverlust und Wahnvorstellungen, die zu gestörtem Denken und ungewöhnlichem Verhalten führen. Ich bin also eine Kandidatin für die Klapse.

Bis zum Prozess lese ich viel. Die Gefängnisbibliothek ist gut sortiert. Manchmal finde ich ein Buch, das ich lektoriert habe. Das amüsiert mich.

Ich bekomme sogar Besuch, natürlich mit Erlaubnis der Behörden. Normalerweise sind Beschuldigten in U-Haft Besuche von mindestens zwei Stunden pro Monat erlaubt.

Simon Bellini und Kati Ritter schauen vorbei und überbringen mir Grüße. Von wem, habe ich vergessen.

Abends, wenn es dunkel wird, denke ich über den vergangenen Tag nach und dieses Denken führt zu Angst. Angst vor der Zukunft, Angst, allein zu sein, verlassen von allen. Ohne Ziel und ohne Glück. Luis meldet sich nicht mehr, was ich verstehen kann.

Mein Anwalt bringt mir die Zeitungen, in denen ich und meine abscheulichen Verbrechen noch eine Weile Thema sind. Am meisten ärgert mich, dass die Schreiberlinge meinen Vornamen *Alix* in *Alex* umwandeln.

Ich muss Tabletten nehmen. Der Psychodoktor gibt mir Stimmungsaufheller. Im Beipackzettel steht, dass es rund acht Wochen dauert, bis sie wirken. Acht Wochen!

Eines Tages fragt mich ein Justizangestellter, ob ich mit dem Besuch einer Dame namens Julia Bergmann einverstanden bin. Ich zögere nicht und stimme zu.

Meine Güte, was ist aus mir geworden? Ein jammerndes, schwaches Wesen, dessen Stimmung von der Zuwendung anderer Menschen abhängig ist.

Ein leiser Abschied

»Hallo, Alix«, sagt Julia. »Wie geht es dir?«

»Prima«, lüge ich. »Endlich habe ich meine Ruhe. Keine Möchtegernautoren, die sich als Nachfolger von Thomas Mann oder Sebastian Fitzek sehen, kein liebeskranker Hauptkommissar, kein eitler Ex-Bandido und auch der widerliche Schreiberling ist weg. Was will ich mehr?«

Wir sitzen in einem Raum der JVA – natürlich mit einer Aufsicht. Über meine Schandtaten dürfen wir nicht reden.

»Bist du der Meinung, dass du alles richtig gemacht hast?«, fragt Julia. Das vergitterte Fenster lässt den Sonnenschein herein und ihre Prinz-Eisenherz-Frisur strahlt wie ein Heiligenschein.

»Ich habe das gemacht, was ich für richtig hielt«, antworte ich.

»Fühlst du dich jetzt besser?«

»Nein, noch nicht. Aber bald.«

»Was hast du vor?«, fragt sie mit sorgenvoller Miene.

»Ach, Julia«, seufze ich. »Die beiden Seelen in mir – die böse und die gute – vereinigen sich langsam wieder. Und ich warte, bis das gelungen ist.«

»Und dann?«

»Ich hoffe, dass es mir dann besser geht.«

Wir schweigen eine Weile. Dann frage ich: »Du wusstest, dass Marion am Tod deines Mannes Schuld hatte. Warum hast du sie nicht getötet? Warum musste ich das tun?«

»Ach, Alix«, seufzt sie. »Irgendwann muss Frieden sein. Frieden über den Gräbern.«

»Ich kann so was nicht«, bekenne ich. »Ich habe Jahre meines Lebens damit zugebracht, mir einen Racheplan gegen Marion zurechtzulegen. Und als Lilli so alt war wie ich damals, habe ich ihn ausgeführt. Es sollte ein Zeichen sein. Aber niemand interessiert es.«

»Du bist krank, Alix«, behauptet Julia.

»Dann sind alle Menschen krank«, reagiere ich.

»Hast du Luis geliebt?«

Ich überlege. »Irgendwie schon«, sage ich dann. »Er wäre der Fluchtweg in ein normales Leben gewesen. Ich habe es aber nicht zugelassen. Und jetzt ist es zu spät.«

»Die Besuchszeit ist vorbei«, dröhnt der Dragoner an der Tür. »Verabschieden Sie sich bitte.«

Wir stehen auf. Julia umarmt mich und wünscht mir für meine Zukunft das Beste.

Ich bin wieder allein in meiner Zelle. Mir ist klar, dass die Besuche bei mir bald aufhören werden – spätestens dann, wenn ich verurteilt worden bin. So lange will ich nicht warten. Ich ziehe mir den BH aus, reiße den Saum auf und befreie die Tabletten aus ihrer dünnen Folie.

Auf dem Tisch stehen eine Flasche Wasser und ein Plastikbecher. Nach jeder Tablette, die ich nehme, denke ich an die Menschen, die mir wichtig und angenehm waren: meine Mama, mein Vater, meine erste Lehrerin in der Grundschule, der Deutschlehrer, der mir geraten hat, Schriftstellerin oder Lektorin zu werden, Lilli, meine kleine Nichte, der ich übel mitgespielt habe, Julia, die gute Seele des Hauses, Simon, der Geiger, der alte Mann mit den Frauenschuhen und natürlich Luis, den ich hätte lieben können. Zuletzt lege ich mich aufs Bett und schließe die Augen. Nach und nach drifte ich ab in eine dunkle Wolke. Sie saugt mich in ihre Mitte. Bald bin ich verschwunden – und das ist gut so.

Dank …

… an Jutta Geißler-Hehlke für zahlreiche Inspirationen und Andreas Geißler für Nachhilfe in Sachen Internet.

Die Grappa-Reihe von Gabriella Wollenhaupt im Überblick

Grappas Versuchung
ISBN 978-3-89425-034-8, eISBN 978-3-89425-980-8
1. Fall: Reporterin umkreist charmanten Bösewicht

Grappas Treibjagd
eISBN 978-3-89425-981-5
2. Fall: Wer ist der geheimnisvolle Onkel Herbert?

Grappa macht Theater
ISBN 978-3-89425-042-3, eISBN 978-3-89425-982-2
3. Fall: Geheimbund kontrolliert Kulturleben in Bierstadt

Grappa dreht durch
eISBN 978-3-89425-983-9
4. Fall: Nackte Tatsachen in einem Bierstädter Filmstudio

Grappa fängt Feuer
eISBN 978-3-89425-984-6
5. Fall: Eine Reisegruppe in Griechenland verliert ihre Teilnehmer …

Grappa und der Wolf
eISBN 978-3-89425-985-3
6. Fall: Ein charmanter Auftragskiller und Plutoniumschmuggel

Killt Grappa!
eISBN 978-3-89425-986-0
7. Fall: Schönheitschirurgie und Satanismus

Grappa und die fantastischen Fünf
eISBN 978-3-89425-987-7
8. Fall: Toter Teppichhändler und tückische Erpresserbande

grafit

Grappa-Baby
eISBN 978-3-89425-988-4
9. Fall: Die menschliche Reproduktion zwischen Himmel und Hölle

Zu bunt für Grappa
eISBN 978-3-89425-989-1
10. Fall: Ein Toter im Melonenfeld und ein unbekannter van Gogh

Grappa und das große Rennen
eISBN 978-3-89425-990-7
11. Fall: Wer meuchelte die drei prominenten Sozis?

Flieg, Grappa, flieg!
eISBN 978-3-89425-991-4
12. Fall: Wilde Tiere, tote Callboys und aggressive Neonazis

Grappa und die acht Todsünden
ISBN 978-3-89425-267-0, eISBN 978-3-89425-992-1
13. Fall: Tödliches Festmahl für sieben Männer und Frauen

Grappa im Netz
ISBN 978-3-89425-278-6, eISBN 978-3-89425-993-8
14. Fall: Der OB ist verschollen und untreue Ehemänner werden gemeuchelt

Grappa und der Tod aus Venedig
ISBN 978-3-89425-290-8, eISBN 978-3-89425-994-5
15. Fall: Grappa und ein Mörder auf den Spuren Thomas Manns

Rote Karte für Grappa
ISBN 978-3-89425-318-9, eISBN 978-3-89425-995-2
16. Fall: Wer killte den brasilianischen Stürmerstar Toninho?

Grappa und die Nackenbeißer
eISBN 978-3-89425-996-9
17. Fall: Die Welt der Kitschromane – da bleibt kein Auge trocken!

g r a f i t

Es muss nicht immer Grappa sein
eISBN 978-3-89425-845-0
18. Fall: Eine zu früh verstorbene Rentnerin und 35 kg Kaviar

Grappas Gespür für Schnee
ISBN 978-3-89425-359-2, eISBN 978-3-89425-846-7
19. Fall: Wer bezahlt die Kokspartys im Bierstädter Rathaus?

Grappa und die keusche Braut
ISBN 978-3-89425-372-1, eISBN 978-3-89425-812-2
20. Fall: Amokläufer tötet eine ganze Klasse – die Lehrerin überlebt …

Grappa und die Seelenfänger
ISBN 978-3-89425-385-1, eISBN 978-3-89425-850-4
21. Fall: Der Chef einer Castingshow wird erst entführt, dann erleuchtet

Grappa lässt die Puppen tanzen
ISBN 978-3-89425-395-0, eISBN 978-3-89425-861-0
22. Fall: Ein Karussell des Elends – von Plovdiv nach Bierstadt in den Tod

Grappa und die Toten vom See
ISBN 978-3-89425-418-6, eISBN 978-3-89425-886-3
23. Fall: Brauner Sumpf in Bierstadt – alte und neue Nazis

Grappa sieht rosa
ISBN 978-3-89425-436-0, eISBN 978-3-89425-155-0
24. Fall: Ein Coming-out mit fatalen Folgen

Grappa und die stille Glut
ISBN 978-3-89425-455-1, eISBN 978-3-89425-181-9
25. Fall: Eine Rentnerin stalkt Pfarrer – dann ist er tot

Grappa greift durch
ISBN 978-3-89425-468-1, eISBN 978-3-89425-196-3
26. Fall: Terror in Bierstadt: Wie viel Wahrheit verträgt die Öffentlichkeit?

grafit

Grappa und die Venusfalle
ISBN 978-3-89425-487-2, eISBN 978-3-89425-722-4
27. Fall: Saubere Hunde und eine schmutzige Familiengeschichte

Grappa in der Schlangengrube
ISBN 978-3-89425-579-4, eISBN 978-3-89425-737-8
28. Fall: Verdient der entlassene Straftäter seine zweite Chance?

Grappa und der Sonnenkönig
ISBN 978-3-89425-593-0, eISBN 978-3-89425-752-1
29. Fall: Der Puppenpuff wird dem Sonnenkönig zum Verhängnis …

Ein letzter Grappa
ISBN 978-3-89425-638-8, eISBN 978-3-89425-639-5
30. Fall: Krieg auf Bierstadts Straßen – welche Rolle spielen die Behörden?

Lust auf weitere Lektüre?

Gabriella Wollenhaupt/Friedemann Grenz

Fräulein Wolf und die Ehrenmänner

ISBN 978-3-89425-781-1

Auch als E-Book erhältlich

Packender Politkrimi mit realem Hintergrund

Berlin 1930: Die jüdische Reporterin Leonore »Leo« Wolf zieht in die Hauptstadt, um beim Sozialdemokratischen Pressedienst zu arbeiten. Als ein sechzehnjähriges Mädchen des Mordes an einem Uhrmacher angeklagt wird, der mit Nacktfotos von Minderjährigen Geschäfte machte, übernimmt Leo die Prozessberichterstattung. Da auch Nazis zu den Kunden des Getöteten gehörten, gerät sie schnell ins Visier der NSDAP – und die brutalen Schikanen lassen nicht lange auf sich warten. Hilfe erhält Leo durch den Verleger Valentin Winterstein, einen weltgewandten und äußerst attraktiven Mann, mit dem sie sich Hals über Kopf in eine Affäre stürzt. Doch der berüchtigte Frauenheld spielt ihr gegenüber nicht mit offenen Karten …